SCHOPENHAUER E LEOPARDI

LA SCIENZA E LA VITA

Francesco De Sanctis

Texte et illustration de couverture : © domaine public
Edition : Culturea (Hérault, 34)
Contact : infos@culturea.fr
Retrouvez notre catalogue sur http://culturea.fr
Imprimé en Allemagne par Books on Demand
Design typographique : Derek Murphy
Layout : Reedsy (https://reedsy.com/)

Dépôt légal : janvier 2023
Tous droits réservés pour tous pays

ISBN : 9791041843916

SCHOPENHAUER E LEOPARDI

D. Fino a Zurigo?

A. Che volete! Si viaggia per acquistare idee.

D. Sí che a quest'ora devi averne piene le tasche.

A. Vuoi dire i taccuini. Eccone qui uno ancor tutto bianco, che m'aiuterai a riempire. Cosa sono questi libri?

D. Arturo Schopenhauer.

A. Chi è costui?

D. Il filosofo dell'avvenire. In Germania ci sono i grandi uomini del presente e i grandi uomini dell'avvenire, gl'incompresi. Fra questi è Schopenhauer.

A. Non ho mai inteso questo nome.

D. Lo intenderanno i tuoi nipoti. La verità cammina a piè zoppo, ma pur giunge.

A. E tu studii tutta questa roba?

D. Da tre mesi, mio caro. Ho promesso un articolo alla Rivista contemporanea.

A. E per un articolo studii tre mesi? Sei troppo semplice. Piú studii un autore e piú ti s'intenebra. E fosse qualcosa di sodo! Un trattato di filosofia!

D. Dispregi la filosofia?

A. Un giorno ebbi anch'io un certo ticchio. Studiai filosofia, poesia, storia; mi pareva che ad esser Platone bastasse impararlo a mente; feci inni, novelle, dissertazioni; mi si batterono parecchie volte le mani; credevo di divenire un Cantú o per lo meno un Prati. Ma un bel dí che mi sfiatavo a dimostrare l'idea, quel brutto ceffo di Campagna, giá qui nessuno ci sente, mi fece una controdimostrazione. E quando vidi per terra, miserabile vista!, la mia con tante cure coltivata barba, parvemi che insieme coi peli si dileguassero ad una ad una tutte le mie idee. Miracolose forbici che operarono la mia conversione. Ero un ragazzo; divenni un uomo. Alla filosofia non ci credo piú, e mi son fatto astronomo. De Gasparis l'ha indovinata: cavaliere, professore, e quattrini assai.

Parliamo delle stelle, e lasciamo stare la terra. La filosofia mena diritto un galantuomo a farsi impiccare.

D. Sicché alla filosofia ci credono i ragazzi.

A. I ragazzi ed i pazzi. Come oggi ridiamo delle puerili spiegazioni che gli antichi filosofi davano del mondo, cosí rideranno i posteri di tutto questo fracasso che si fa attorno all'idea. La teologia e la filosofia sono destinate a sparire innanzi al progresso delle scienze naturali, com'è sparita l'astrologia, la magia, ecc. Più s'avanza l'osservazione, e piú si restringe il cerchio della speculazione. Molte cose appartenevano alla teologia ed alla filosofia, che ora appartengono alla fisica, alla chimica, all'astronomia, alle matematiche. Il sole un giorno era Apollo, e faceva parte della mitologia; poi con Pitagora entrò in filosofia, e diventò musico e ballerino. Un buon telescopio ha posto fine a tutte queste sciocchezze. Quando una cosa io non la so,, in luogo di almanaccare e stillarmi il cervello, in luogo di spiegare un mistero con altri misteri piú tenebrosi, teologici o filosofici, io dico alla buona: Non la so . Se tutto il tempo che si è perduto in queste fantasie si fosse speso a coltivar le scienze naturali, saremmo piú innanzi. Sei divenuto pensoso.

D. Eppure questo secolo cominciò con tanta fede, con tanto fervore; appena è varcata la metà, e la piú parte pensano come te.

A. Segno che facciamo senno. Mi viene a ridere quando penso a tutti quei professoroni con i loro sistemi. Due buone cannonate hanno fatto fuggire le idee. Chi vuoi che ci creda piú? Per me, quando nomino l'idea, mi par di vedere Campagna con le forbici. È stata una rivoluzione di professori e di scolari. Chi vuoi che creda piú a' professori? E vedi un po'. Le idee ci hanno piantato e si sono messe a' servigi dei vincitori, che le fanno sbucar fuori, questa o quella, secondo che loro torna. Si fa guerra alla Russia, ed ecco uscir fuori la civiltà.. Si fa un colpo di Stato, ed il progresso lo copre della sua ombra. Si fa la caccia agli emigrati, ed ecco l'ordine che ti saluta. Siamo burattini fatti ballare a grado altrui, e, vedi ironia!, in nome delle idee difese, messe su da noi stessi. Qual credito possono avere piú queste idee, una volta si belle, ora fatte vecchie e mezzane?

D. Arturo Schopenhauer è proprio il fatto tuo.

A. Ancora con questo Arturo Schopenhauer! Ti ho detto giá in qual conto ho filosofi e filosofie. L'idea non me la fa piú.

D. Ma Schopenhauer è nemico dell'idea.

A. Una filosofia senza l'idea! Mi pare impossibile. Comincio a stimare Schopenhauer.

D. Non solo; ma è d'accordo con te in molte cose; così la filosofia, secondo lui, non si dee occupare di quello che è al di lá dell'esperienza, come che cosa è il mondo, onde viene, dove va, ecc. La sua materia non è il che, ma il come: quello solo è conoscibile che è osservabile.

A. Bravo, san Tommaso. Vedere e toccare. Siamo giá in piena storia naturale. Ma Dio, con qual telescopio osserverà Dio?

D. Ma Dio va con tutte le cose che sono fuori della esperienza. Schopenhauer dice: Ragioniamo sulle cose di cui possiamo avere esperienza, e tutto il resto lasciamolo in pace: ché è un perder tempo . Proudhon è anche di questo avviso.

A. Bravissimo Cosi staremo in pace co' preti. La filosofia dopo tante millanterie batte in ritirata. Cosa è il mondo, onde viene, dove va, ce lo diranno i preti. Il giorno che i filosofi sottoscriveranno quest'atto di abdicazione, vorrá esser una gran festa a Roma. Bene sta. Lasciamo che il padre Curci ci spieghi il catechismo, e noi occupiamoci di fisica, di chimica, d'astronomia: ché non si corre pericolo. Schopenhauer comincia a piacermi.

D. Poiché debbo fare l'articolo, e dobbiamo pur chiacchierare di qualche cosa, ti voglio esporre il sistema di Schopenhauer.

A. Caro mio, tu mi tenti. Infine è una filosofia. E ti vo' fare un'osservazione Tutti questi filosofi moderni s'accapigliano, si fanno il viso dell'arme, ma in sostanza s'accordano in certe massime che odorano di patibolo. Robespierre, o chi altro, scoperse il segreto con la sua dea Ragione. Hanno fatto della Ragione una specie di governatore: la Ragione governa il mondo. Questa è la mala radice da cui è germogliata la teorica del progresso, il mondo divinizzato, il trionfo dell'idea, il tutto per lo meglio del dottor Pangloss, l'inviolabilitá e la dignitá umana, la libertá e simili spaventi. E dire ch'io ho creduto a tutto questo, e sono stato lì lì per metterci la pelle. Dimenticavo la teorica del sacrificio e come qualmente l'individuo deve lasciarsi ammazzare a maggior gloria e prosperitá della specie. Spremi, spremi, e dimmi se non è questo il succo di tutte le filosofie moderne. Chi te lo dice sfacciatamente; chi ti adduce de' temperamenti; chi vien fuori con l'ente possibile; chi con l'ente creato, chi con l'ente logico, chi con l'intuizione, chi con la dimostrazione, chi col processo dialettico; l'uno è ontologo e l'altro è psicologo; questi è realista, quegli è idealista; signori filosofi, guardatevi pure in cagnesco, ma non mi ci cogliete: siete tutti d'una pasta.

D. E non vedi che questo è appunto il maggior titolo di lode che dar si possa al nostro secolo, questa unanimitá di dottrina sotto la corteccia di tante differenze, professata da filosofi, rappresentata dall'arte, infiltratasi nella scienza, entrata nella storia, attestata dal martirio, sicché è divenuta in certo modo la religione, la fede, il carattere, e, direi, l'anima del nostro tempo? I posteri non potranno ricusare ammirazione ad un secolo che ha professata una filosofia cosí nobile, che l'ha vivificata con la fede, e l'ha suggellata col sangue. È difficile trovare due generazioni di uomini cosí eroiche, operose e credenti, come quelle dell'Ottantanove e del Trenta.

A. Veggo che i fumi del Quarantotto non ti sono sgombri dal capo. Avresti avuto bisogno di un par di forbici.

D. Anzi. Debbo questo servigio al tenente duca di San Vito, uno de' piú istrutti e cortesi tenenti e duchi del regno.

A. Non credo che i tenenti ed i duchi sieno tenuti ad esser cortesi ed istrutti. Veggo che sei d'una guarigione disperata. E sì che avresti dovuto col tuo esempio capire che quello che governa il mondo non è la ragione, ma il duca di San Vito. Bella governatrice ch'è la ragione, o, come si dice, l'idea! La quale fa la sua apparizione come una cometa, ed alle prime busse se la batte, lasciando tra guai i suoi fedelissimi sudditi. Dicono che le busse sono un accidente; quello che non sanno spiegare con l'idea lo chiamano l'accidente, e l'accidente non ha ragion di essere, gli è come non avvenuto. Consoliamoci dunque; gl'impiccamenti, gl'imprigionamenti, le mazzate e le forbiciate non hanno esistito, o, per dir meglio, sono esistite, ma non dovevano esistere. Accidenti a questi filosofi! I posteri, poiché mi parli di posteri, dovranno fare le grandi rise, quando penseranno che per una buona metá di secolo si è creduto all'identitá del pensiero e dell'essere, onde sono germinate tutte queste belle dottrine. Come se tutte le corbellerie che mi vanno pel capo, perché le penso, debbono esistere, e come se tutte le cose che succedono, se non le penso, non esistono, non hanno diritto di esistere, e sono l'accidente. Ma non si è detta mai una simile assurdità. Le idee voi potete come pallottole balzarle qua e lá a vostra guisa, perché non hanno cannoni per difendersi e si contengono le une e le altre, sí che basta cavarne fuori una perché tutte seguano a modo di processione. I sistemi filosofici mi sembrano de' castelli di ciottoli, fatti, disfatti, rifatti in mille guise da' fanciulli. E fin qui non c'è niente di male, perché, come il cervello ci è e non si può dargli congedo, è buono che si prenda questo passatempo. Ma lo scherzo diventa serio quando si confondono le idee con le cose, e si mette le mani a queste, e si vuol ripetere il giuoco. Perché le cose hanno i cannoni, e non si lasciano fare; e se ti ci ostini, n'esci col capo rotto. E finché si tratta di mettere in carta, è fattibile, giacché ciascuna cosa ti si porge sotto diversi aspetti, e tu puoi tirarla a dritta e a sinistra e metterla sotto quell'idea che ti piace; ond'è che i fatti sono come quei poveretti che capitavano sul letto di Procuste, storpiati, stiracchiati; leggi i filosofi, e lo stesso fatto lo troverai sotto le piú diverse idee, secondo il bisogno de' sistemi; e dove non entra, accidente. Bellissimo a scrivere; ma quando volete venire a' fatti... È tanto chiaro; e non so capire come non si è trovato un uomo di polso, un uomo di buon senso che l'avesse detto. È stato un tempo di una illusione, o piuttosto di una imbecillitá generale.

D. Ma quest'uomo di polso, quest'uomo di giudizio ci è stato; ed è Arturo Schopenhauer. Ti maravigli? Credi tu che Arturo sia nato l'altro ieri? Arturo è nato nel 1788, ed ha pubblicata la sua opera principale, questi due volumi qua, nel 1819 in Lipsia. E quest'opera fu come la profezia di Cassandra. Regnavano allora sulla scena Fichte, Schelling, Hegel; il mondo era come sotto un fascino; nessuno badò a lui. Arturo, gravido d'indignazione, si strinse nelle spalle; e con un riso sardonico si pose a fare il mercante ed il banchiere, e diceva: Aspettate e vedrete.

A. E ne abbiamo vedute delle belle. Se avessi avuto il suo giudizio, a quest'ora avrei anch'io il borsellino pieno. Quanto tempo ho perduto con questi Schelling ed Hegel, con questi Gioberti e Rosmini, con questi Leroux, Lamennais e Cousin. E come fantasticavo! Come mi pareva facile capovolgere il mondo con la bacchetta dell'idea! Vorrei aver vent'anni di meno col giudizio d'ora. Se i giovani potessero leggere nell'avvenire!

D. Ma Arturo, giovine ancora, vi lesse con molta chiarezza, e, disprezzando il disprezzo de' contemporanei, si appellò all'avvenire. E questo avvenire, dopo tanti disinganni, sembra sia giunto oramai, se debbo giudicarne da te e da molti altri che pensano allo stesso modo.

A. Destino singolare dell'uomo, che non comprende il vero se non quando è troppo tardi.

E quando

Del vergognoso errore

A pentir s'incomincia, allor si muore.

Metastasio è una penna d'oro, e il suo buon senso val piú che l'intuizione e la dialettica. Fossi rimaso col mio Metastasio che mi pose in mano un dabben zio! Ma sai cosa è. I propagatori del falso sono animati da un genio direi infernale, e sanno a maraviglia l'arte di menar pel naso i gonzi, che sono i piú; laddove l'amico della veritá è modesto, semplice e non ha fortuna.

D. È proprio il caso. Senti in che modo Schopenhauer stesso spiega il perché del lungo obblio in che lo hanno tenuto i contemporanei Si sono scritte tante storie di filosofia, ed in tutte trovi fatta menzione di mediocrissimi, e di Schopenhauer non una parola: diresti che ne abbiano paura. E ti vien sospetto che sotto ci giaccia una cospirazione, la più formidabile che possa uccidere un uomo, quella del silenzio. D'altra parte in tutte si fa molto strepito intorno a Fichte, Schelling, Hegel vantati come gli educatori del genere umano.

A. O piuttosto i carnefici. Perché sono loro la causa prima per la quale tanta gente si è ita a fare ammazzare. Ed io, mentre parlavo dell'assoluto, ci ho perduta la barba.

D. Ciarlatani e sofisti, dice Schopenhauer, e "non filosofi, perché volevano parere, non essere", e cercavano non il vero, ma impieghi da' governi e quattrini dagli studenti e da' librai: eccellenti nell'arte di burlare il pubblico e far valere la loro merce: il che è senza dubbio un merito, ma non filosofico. Ora si danno l'aria della passione, ora della persuasione, ora della severitá, oscuri, irti di formole, vendevano parole che si battezzavano per pensieri. Invano cerchi in loro quella tranquilla e chiara esposizione che è la bellezza del filosofo. Guardano all'effetto; voglion sedurre, trascinare, prendon tuono da oracolo per darla ad intendere. Kant avea mostrato che il mondo è un fenomeno del cervello, ma che sotto al fenomeno ci è pure una cosa in sé, fuori della conoscenza. Qui fu il suo torto; se avesse battezzato questa cosa in sé, avrebbe posta l'ultima pietra al tempio della filosofia.

A. Diavolo! Non rimane dunque che battezzare questa cosa in sé?

D. Certo; e quest'ultima pietra l'ha posta Schopenhauer. Ma senti. Poiché Kant chiuse la porta, ed ebbe l'imprudenza di annunziare che al di dentro ci stava la cosa in sé, il trascendente, l'inconoscibile, tutti si posero attorno a quella porta col desiderio in gola del frutto proibito. Ed eccoti ora i ciarlatani. Fichte, non discepolo, ma caricatura di Kant, si fa per il primo innanzi, e dice: Sciocchi! Lasciate stare quella porta; Kant ha scherzato; dentro non ci è nulla. La cosa in sé, il vero reale, non esiste; tutto è prodotto del cervello, dell'io . E fu Fichte che introdusse nella filosofia le formole, gli oracoli, tutto l'apparato della ciarlataneria, condotto a perfezione da Hegel. Ma il nocciolo era troppo grosso, e non si poteva ingozzare. Ed ecco la gente da capo a picchiare a quella porta e a dire: Dateci il reale. Allora Schelling, piú furbo, disse: È inutile che picchiate, lá dentro non ci è nulla. Il reale c'è, e non è bisogno di andar lá entro a cercarlo. Il reale sta innanzi a voi, e non lo vedete, e fate come chi ha il cappello in capo e lo va cercando a casa. Ma quello che voi chiamate l'ideale, è quello appunto che cercate, il reale; il pensiero e l'essere sono una cosa .

A. Eccoci con l'identitá del pensiero e dell'essere, la mala pianta. E fosse a]meno cosa nuova! Il mio maestro mi citava queste parole di Spinoza: "Substantia cogitans et substantia extensa una eademque est substantia; ... mens et corpus una eademque est res".

D. Ma vedi il furbo, dice Schopenhauer. Kant oppone il fenomeno alla cosa in sé; ed egli per disviare il pubblico dalla cosa in sé vi sostituisce a poco a poco il pensiero e l'essere; e ti cambia le carte in mano. Ma la gente se ne accorse, ed andavano cercando il reale nell'ideale, e non lo trovavano. Io lo veggo, io, diceva egli, perché io ho un buon cannocchiale, che si chiama l'intuizione intellettuale; e se voi non lo vedete, strofinatevi gli occhi. Hegel ebbe pietá di quei poveri occhi, e disse: Aspettate, ve lo voglio far vedere anche ad occhi chiusi. E propose il processo dialettico. Vale a dire tolse il pensiero dal cervello, e ne fece la cosa in sé, l'assoluto, l'idea, dotata di una irrequietezza interna, che non le lascia mai requie, un essere vero e vivo, che per proprio impulso e secondo le sue leggi evolutive cammina, cammina attraverso i secoli. Cosí predicata con isfacciataggine, creduta con melensaggine, fu accreditata la dottrina dell'idea. Hegel diede al mondo tutte le qualitá, compresa l'onniscienza, che si attribuivano a Dio; e, confondendo la metafisica con la logica, fece dell'universo una logica animata.

A. Che i governi hanno dispersa a colpi di bombe, di fucili, di forbici.

D. Fichte fu la caricatura di Kant; Hegel fu il buffone di Schelling, e lo ha fatto ridicolo con quell'idea che si move da sé, con quei concetti che diventano, con quelle contraddizioni che generano. Volete istupidire un giovane, renderlo per sempre inetto a pensare? Mettetegli in mano un libro di Hegel. E quando leggerá che l'essere è il nulla, che l'infinito è il finito, che il generale è il particolare, che la storia è un sillogismo, finirá con l'andare nello spedale dei pazzi...

A. O nella Vicaria a fare un sillogismo co' ladri; che per poco non ci capitai io. Dagli, dagli, Schopenhauer.

D. Hegel è il gran peccatore, e Schopenhauer ce l'ha con lui principalmente. Il peccato di Fichte è di essersi spacciato discepolo di Kant, ed Arturo se la piglia col pubblico, che non può pronunziare mai Kant senza appiccargli sul dosso Fichte, pubblico dalle orecchie di Mida, indegno di Kant, inetto a mai comprenderlo, che gli pone allato, anzi al di sopra, Fichte, come colui che ha non pur continuato, ma recato a perfezione quello che Kant ha cominciato. Cosí è avvenuto che oggi si dice Kant e Fichte, e si dovrebbe dire Kant e Schopenhauer: il primo gran peccato del secolo. Il secondo peccato lo ha fatto Schelling. La filosofia avea trovate le sue fondamenta, grazie a Locke e Kant, riposando sull'assoluta differenza del reale e dell'ideale; ed eccoti Schelling che ti fa proprio il rovescio, e confonde bianco e nero, e ti gitta reale e ideale nell'abisso della sua assoluta identitá. Di qui errori sopra errori; sparsa la mala semenza, n'è nata la corruzione, il pervertimento della filosofia. Il peccato di Schelling è grosso, ma, come ti dicevo, Hegel è il gran peccatore, perché l'intuizione intellettuale difficilmente sarebbe andata in capo al pubblico; dove Hegel col suo processo dialettico ha dato un'apparenza di armonia a questo mostro filosofico, ne è stato l'ordinatore e l'architetto, ha reso curabile il peccato. E Schopenhauer te lo concia per le feste. Ciarlatano, insipido, stupido, stomachevole, ignorante, la cui sfacciataggine è stata gridata saggezza da' suoi codardi seguaci, vero autore della corruzione intellettuale del secolo. E qui Schopenhauer non può contenere la sua indignazione: "O ammiratori di questa filosofia...". Come ti dirò? Non ti posso tradurre l'energico epiteto che Arturo appicca a questa filosofia; la lingua italiana è pudica...

A. Ma pure!

D. Poiché sei curioso, ricordati l'epiteto che Dante appicca alle unghie di Taide, ed avrai un equivalente. "Oh ammiratori, grida Schopenhauer, il disprezzo dei posteri vi attende, e giá ne sento il preludio! E tu, pubblico, tu hai potuto per trent'anni tener le mie opere per niente, e per meno che niente, mentre onoravi, divinizzavi una filosofia malvagia, assurda, stupida, vigliacca! L'uno degno dell'altra. Andate dagli imbecilli e fatevi lodare. Furbi, stupidi venduti, ignoranti ciarlatani, senza spirito e senza merito, ecco quello che è tedesco; non uomini come me. Questa è la testimonianza che innanzi di morire vi lascio. È una disgrazia, dice Wieland, l'esser nato tedesco; Bürger, Mozart, Beethoven ed altri avrebbero detto lo stesso; anche io: "Il n'y a que l'esprit, qui sent l'esprit'". Il che significa: Voi siete degli imbecilli, e non potete comprendere me, Arturo Schopenhauer .

A. Per Dio, mi sento far piccolo, mi sento divenir imbecille.

D. Comprendi ora perché nessuno ha pensato a lui per lo spazio di trent'anni: i contemporanei non erano "à sa hauteur". Preferivano i sofisti e i ciarlatani. La nuova generazione, piú intelligente, ha gittato via Hegel come un cencio, e si fa intorno ad Arturo. Se vai a Francfort, entra nel grande albergo, e vedrai quanti uffiziali austriaci stanno li con la bocca aperta a sentire: è Arturo che predica.

A. Schopenhauer dev'essere un testone; ha capito una gran veritá, che a propagare una dottrina bisogna innanzi tutto render filosofica la spada. Ha operato piú conversioni la sciabola di Maometto, che il nostro gridacchiare in piazza. Una buana piattonata mi farebbe subito gridar: Viva Schopenhauer! .

D. Ma Schopenhauer ha ancora altri seguaci. In prima tutti gli uomini dell'avvenire, i malcontenti, gl'incompresi, gli insoddisfatti, che si tengono fratelli carnali del grand'uomo, e dicono: Anche verrá il tempo nostro .

A. Seguaci formidabili, perché costoro, impazienti del silenzio che li circonda, parlano essi per cento.

D. Aggiungi le donne, soprattutto dopo che Arturo le ha chiamate de' fanciulloni miopi, privi di memoria e di previdenza, viventi solo nel presente, dotate dell'intelletto comune agli animali, con appena appena un po' di ragione, bugiarde per eccellenza, e nate a rimaner sotto perpetua tutela.

A. Non sono mica confetti.

D. Ma oggi, caro mio, la donna non vuole essere piú trattata a confetti: la galanteria è uscita di moda. Vuol sentire la forza; e piú gliene dici e gliene fai, e piú ti vuol bene. E se te le stai innanzi timido e rispettoso, in cuor suo ti battezza subito per imbecille e comincia a farti la lezione. Hai da far la bocca rotonda, atteggiarti a grand'uomo, animare il gesto e la voce, tenerti in serbo tre o quattro paradossi, il piú efficace solletico dell'attenzione, e sputarli fuori a tempo in modi brevi e imperatorii. Poi, oggi la donna vuol esser tenuta una persona di spirito, anzi uno spirito forte, e ti fa l'atea, come un tempo faceva la divota. Vuol anche lei poter filosofare e teologizzare; e come si fa? Mettile avanti Hegel e gli altri sofisti, ed errando tra quelle formole e quelle astrazioni, si vede mancar sotto i piè il terreno e le viene il capogiro. Vuole la scienza, ma la vuole a buon mercato, e ci vuol mettere del suo il meno che si possa.

A. Ed ha ragione. E credo che anche per noi uomini sarebbe meglio cosí. Ti par egli che un povero galantuomo debba sudar mezza la vita con questi filosofi? E ci fosse almeno certezza di cavarne qualcosa! Ne leggi uno, e quando cacci un grosso sospiro e dici: finito , ne prendi un altro, e ti trovi da capo: nuovo linguaggio, nuove formole, nuovo metodo, nuove opinioni; sicché ti par d'avanzare e stai sempre lí. Una filosofia dovrebbe farsi leggere volentieri fino dalle donne.

D. Che è il caso di Schopenhauer. Il quale, avendo fatti frequenti viaggi, e tenutosi lontano dall'insegnamento, non ha niente di professorale e scolastico. Scrive alla buona, bandite le formole ed ogni apparato scientifico, con linguaggio corrente e popolare. Come vi è di quelli che hanno l'intendimento duro, ti ripete la stessa cosa a sazietá. Dopo d'aver filosofato un poco, per non ti stancare, varia lo spettacolo, come se volesse dirti: Andiamo ora a prendere il thè . Allora, in luogo di ragionare, ti fa un po' di conversazione, ed esce in contumelie, invettive, paragoni, aneddoti, citazioni spagnuole, greche, latine, italiane, inglesi, francesi, che sono come la salsa della scienza. Sicché è un piacere a leggere, soprattutto per i dilettanti e le dilettanti di filosofia. Si vanta di chiarezza e di originalitá, e, se non te ne accorgi, te lo annunzia lui a suon di tromba. Non si contenta d'esser chiaro, ma vuole che tu lo sappia, e perciò ha la civetteria della chiarezza, girando e rigirando la stessa cosa in molti modi. Dice delle cose spesso piú vecchie di Adamo, ma le pensa col suo capo, le dice alla sua maniera; l'originalitá è nell'abbigliamento. Di sotto al mantello del filosofo trasparisce l'uomo bilioso, appassionato, sicuro di sé, provocatore, dispettoso, sicché ti par di vederlo con una mano occupato a dare dei pugni e con l'altra a lisciarsi e ammirarsi. Ti solletica, ti diverte, ti riscalda. Pensa, dunque, quanti dovranno essere i seguaci, soprattutto in Italia, dove questa volta non potranno ripetere la vecchia canzone delle nebbie germaniche. Questa filosofia è cosa solida, tutta carne ed ossa.

A. E che è piú, nemica dell'idea. Sarebbe un gran bene a tradurla fra noi. Ma son curioso di sapere in che modo ha potuto formare il mondo senza l'idea; perché l'idea mi fa paura, e ben vorrei cacciarla via, e non so.

D. Schopenhauer l'ha cacciata via con un tratto di penna: cosa facilissima. Senti un po'. Kant avea detto che tutto è ideale, un fenomeno del cervello. Il mondo è la mia immagine: io non conosco il sole, né la terra, ma solo un occhio che vede il sole, una mano che sente la terra; tutto quello che io conosco, l'intero mondo, non è per sé, ma per un altro; è un oggetto per il soggetto, la visione di colui che vede; in una parola, immagine, fenomeno. È il diventare di Eraclito, le ombre di Platone, l'accidente di Spinoza, il velo ingannevole di Maia degl'indiani, simile ad un sogno, o a quella luce di sole sull'arena che di lontano si scambia per acqua. Togliete il soggetto, colui che vede, e il mondo non esisterebbe piú.

A. A questo modo noi siamo de' burattini, ed il mondo è una commedia.

D. Certo; ma dietro le scene c'è il vero reale, la cosa in sé, fuori de' nostri occhi. Ora, come gli uomini non si contentano d'essere chiamati burattini, anche quelli che sono, e vanno pescando la scienza da molti secoli, era cosa troppo crudele dir loro: La scienza è dietro le scene, e non la vedrete mai; ciò che vedete è apparenza. I tre sofisti, volendo contentare il genere umano, dissero: Consolatevi; l'apparenza è il medesimo che l'essenza; dietro le scene non c'è nulla . E andarono scribacchiando volumi, quando dopo Kant non restava a fare che la cosa più semplice del mondo.

A. Cosa?

D. Spingere un'occhiatina dietro le scene. Ecco la gloria di Schopenhauer. Ha schiusa la porta e ci ha trovato il reale, la cosa in sé, il "Wille".

A. Cosa vuol dir "Wille"?

D. Il volere.

A. Ci volea molto a trovar questa!

D. È l'uovo di Colombo. Ora pare cosa facile; e ciascuno dice: Anch'io l'avrei trovato . La scoperta di Schopenhauer è più importante ancora che la scoperta dell'America, perché, come dice con giusto orgoglio l'inventore, è la veritá delle veritá, l'ultima scoperta, la sola cosa che restava a fare in filosofia. Eppure, da tanto tempo s'era intravveduta questa veritá. I Cinesi e gl'Indiani l'avevano alzata a principio religioso; il cristianesimo non ha voluto intendere che questo con la sua storia del peccato originale; la troviamo in bocca al popolo, quando dice che il tempo non vuol piovere, attribuendo in tutte le lingue la volontá non solo agli uomini, ma alle universe cose: il che dice non per figura poetica, ma per un sentimento confuso del vero. Anche i filosofi greci, che stavano più vicini all'antica sapienza braminica e buddistica, vi s'accostano: sicché ci hai proprio il "consensus gentium". Tra gli altri Empedocle si può chiamar proprio il precursore di Schopenhauer: perché il filosofo agrigentino, che Arturo chiama "ein ganzer Mann", un uomo compiuto, mette a capo del mondo non l'intelletto, ma amore e odio, vale a dire il volere, l'attrazione e la repulsione, la simpatia e l'antipatia. E poiché Empedocle è tenuto da molti un pitagorico, si dee credere che questa veritá l'abbia rubata a Pitagora; e se Gioberti avesse saputo questo, tenero com'era della filosofia pitagorica, si sarebbe fatto il più caldo propugnatore di questa dottrina, nata, come filosofia, in Italia, e avrebbe accresciuto con un altro ingrediente il nostro primato. Ma Gioberti non ci ha pensato, e la gloria rimane intera a Schopenhauer; perché il vero inventore non è colui che trova una veritá, ma colui che la feconda, l'applica, ne cava le conseguenze, come dice non so più qual francese citato da Schopenhauer, un momento che temeva gli si contrastasse il brevetto d'invenzione.

A. La mia maraviglia è che Kant, a due dita dalla scoperta, non l'abbia veduta.

D. Kant, mio caro, una volta caduto nel fenomeno, non ne potea piú uscire. E la mia maraviglia è piuttosto, come non abbia conchiuso a rigor di logica, che tutto è fenomeno. Poiché se è vero che il fenomeno suppone il noumeno o la cosa in sé, è vero anche che, secondo il suo sistema, questa necessitá è tutta subbiettiva, fondata sulla legge di causalitá, anch'essa forma dell'intelletto. E credo non gli mancasse la logica, ma il coraggio. Perché, cominciato a filosofare per fondare la scienza, e trovatosi da ultimo nel vuoto, come si afferrò per la morale al categorico imperativo, cosí per la metafisica salí alla cosa in sé. Ma era un infliggere agli uomini il castigo di Tantalo, un dir loro: La cosa in sé c'è, ma non la conoscerete mai, perché trascende l'esperienza . Ora Schopenhauer ha fatto un miracolone, ha detto all'esperienza: Dammi la cosa in sé ; e l'esperienza glie l'ha data. I filosofi si sono tanto assottigliato il cervello intorno a questa faccenda, e non c'era che da farsi una piccola interrogazione. Cosa son io? Io sono un fenomeno, come tutto il resto, perché mi considero nello spazio e nel tempo, forme necessarie del mio intelletto; il mio corpo è un oggetto tra gli oggetti; i suoi moti, le sue azioni mi sono cosí inesplicabili, come i mutamenti di tutti gli altri oggetti. Kant s'è fermato qui, e per questa via non si va a Roma, voglio dire non si va al reale. Dovea replicar la dimanda: Cosa son io?. Ed avrebbe avuto la risposta: Io sono il "Wille" . Mi muovo, parlo, opero, perché voglio. Né tra il mio corpo e il mio volere ci è giá relazione di causa e di effetto, perché cosí cadremmo nella legge di causalitá: l'atto della volontá e il moto corrispondente del corpo non sono due stati obbiettivamente diversi, ma la stessa cosa in due modi diversi, una volta come immediata, e un'altra come immagine offerta all'intelletto. Cosí il moto del corpo non è altro che l'atto della volontá obbiettivato, fatto immagine, come dice Arturo; il volere è la conoscenza "a priori" del corpo, e il corpo è la conoscenza "a posteriori" del volere.

A. Conoscenza! conoscenza! Adunque anche il volere cade sotto la conoscenza; e tutto ciò che si conosce abbiamo pur detto che è un fenomeno del cervello. Conosco cosí, perché il cervello è fatto cosí.

D. Ma il volere è una conoscenza immediata, indimostrabile, fuori delle forme dell'intelletto, non logica, non empirica, non metafisica, e non metalogica, che sono le quattro classi a cui Schopenhauer riduce tutte le veritá; è una conoscenza di un genere proprio, e si potrebbe chiamare per eccellenza la veritá filosofica.

A. Mi pare una sottigliezza. Immediata o mediata, è sempre una conoscenza; e mi pare che quel maledetto cervello ci entri un po' anche qui.

D. Mi pare e non mi pare! Tu stai col parere, e qui si tratta di una veritá, che anche i fanciulli la veggono. Ora, quello che vale del tuo corpo, vale di tutti gli altri; sicché il "Wille" è il reale o la cosa in sé dell'universo, e la materia è lo stesso "Wille" fatto visibile.

A. M'immagino che, una volta oltrepassato il fenomeno e afferrato il vero reale, Schopenhauer debba navigare a vele gonfie nel mare dell'essere.

D. T'inganni; Schopenhauer apre un po' la porticina di Kant, e guarda il "Wille". Kant avea detto: Niente si sa . A questo i tre impostori risposero: Tutto si sa . Schopenhauer ha piantato le tende tra quell'ignoranza assoluta e quell'assoluto sapere, e ha conchiuso: Una sola cosa si sa e si può sapere, il "Wille" . Ma non appena saputo il venerato nome, s'è affrettato a chiuder la porta. Cosa è il "Wille" in sé stesso, fuori del mondo? Cosa fa? Come se la passa? C'è un altro ordine di cose diverso dal nostro? Altri mondi? E questo mondo, qual è la sua origine? Quale la sua destinazione? Quale il suo perché? Non domandare, mio caro; ché la porta è chiusa. Schopenhauer non l'hai da confondere con quei ciarlatani, che pare si facciano ogni giorno una conversazione con Domeneddio, e ne scoprano tutti i segreti. Ti dá una filosofia modesta e seria.

A. Una filosofia che non è filosofia, perché ti lascia in bianco tutt'i problemi che la costituiscono.

D. È giá un gran merito l'aver dimostrato l'insolubilità di questi problemi, l'impossibilitá della metafisica. Finora s'è creduto che l'intelletto c'è stato dato per conoscere; e quando un dabben filosofo ti ammonisce che la natura è inconoscibile, si suole replicare: Perché dunque abbiamo la ragione? A che serve l'intelletto?. Serve a mangiare e bere, a far danari, agli usi pratici della vita, risponde Schopenhauer. La natura dá a ciascun essere quello che gli è bisogno a vivere, e niente di piú. L'intelletto può attingere le relazioni, e non la sostanza delle cose.

A. Bravo! Non possiamo noi vivere senza la metafisica? Anzi la metafisica è stata sempre nemica dello stomaco, lasciando stare i conti che ti tocca a fare con Campagna, se la prendi sul serio.

D. L'intelletto può intendere ciò che è nella natura, ma non essa natura.

A. Mi pare che a poco a poco ti stai dimenticando del "Wille", e ti stai innamorando della natura.

D. È vero. Succede anche a Schopenhauer. Volevo dire che l'intelletto non può conoscere il "Wille", la cosa in sé, e tanto meno quello che ci sta piú su…

A. Roba da lasciarla a' teologi. Mi par di udir predicare un santo Padre sull'insufficienza della ragione, e quindi sulla necessitá della rivelazione. Ma ti confesso che piú parli e meno ti capisco. Dici che non possiamo conoscere il "Wille", e prima hai detto che Schopenhauer l'ha conosciuto, senza però l'intervenzione del cervello, a quel che pare.

D. Con un distinguo tutto si chiarisce. Ci è "Wille" e "Wille". Il "Wille", assoluto è inconoscibile; perché conoscere l'assoluto è una contraddizione ne' termini. Tutto ciò che si conosce, come conosciuto, cade sotto la forma del nostro intelletto, e quindi è un relativo. Il "Wille", come libero, può stare in riposo, e può prendere tutte le forme che gli piace, oltre della nostra; e fin qui sappiamo che c'è, ma non sappiamo cosa è. Il "Wille" che conosciamo è il "Wille", in noi, un "Wille" relativo sottoposto alle forme dello spazio e del tempo, e alle leggi di causalitá, perciò accessibile all'intelletto.

A. Vale a dire, è un fenomeno come tutti gli altri.

D. Il primo fenomeno che ci può dar ragione degli altri.

A. Ma allora non mi stare a predicare che Schopenhauer ha scoperta la cosa in sé! Gran cosa in sé codesta che è un relativo! Ci sento un odore di ciarlataneria.

D. Schopenhauer non è ciarlatano, perché ti ha limitata egli stesso la conoscenza del "Wille".

A. Ma allora questo "Wille" potrebbe essere non il primo, ma un prodotto egli medesimo di qualcos'altro che non sappiamo e che sarebbe la vera cosa in sé.

D. Potrebbe. Ma che importa a noi? Quello che c'importa è che il "Wille" si trova al di sotto di tutti i fenomeni, ed è la cosa in sé per noi: cosí è spiegato il mondo.

A. Ma neppur questo mi entra. Non è strano il dire che nella pietra ci stia il "Wille"? Concepirei piú che ci stesse l'idea, se Campagna non fosse lí.

D. Gli è che sei avezzo a vedere il "Wille" o il volere con l'occhio volgare. I filosofi plebei non sanno concepire il volere che a' servigi dell'intelligenza. Ora tu devi con uno sforzo d'astrazione scindere dall'intelletto il volere; e cosa rimane? Uno stimolo cieco, inconscio, che sforza a operare. Ecco il "Wille" di Schopenhauer.

A. Dunque il principio di tutte le cose è uno stimolo cieco, inintelligente? Non mi va.

D. Altrimenti dái di muso nell'idea, o piuttosto in Campagna.

A.. Dunque...

D. Dunque guarda un po' intorno, e dimmi se non trovi dappertutto il "Wille". In un mondo dove tutto è fenomeno, è lui il vero reale che dá alle cose la forza di esistere e di operare. E non solo gli atti volontarii degli animali, ma l'intero organismo, la sua forma e condizione, la vegetazione delle piante, e nel regno inorganico la cristallizzazione, ed insomma ciascuna forza primitiva che si manifesta ne' fenomeni chimici e fisici, la stessa gravitá, considerata in sé e fuori dell'apparenza è identica con quel volere che troviamo in noi stessi. Egli è vero che negli animali il volere è posto in moto da' motivi, nella vita organica dell'animale e della pianta dallo stimolo, nella vita inorganica da semplici cause nel senso stretto della parola; ma questa differenza riguarda il fenomeno, lascia intatto il "Wille". Apri ora le orecchie, che viene il meglio. L'intelletto è stato generalmente tenuto come il principio della vita, l'essenza delle cose; vedi che ci accostiamo all'idea. Di qui l'ordine e l'armonia universale, il progresso, la libertá, e quel tale divinizzare il mondo. Ma, poiché Schopenhauer ha preso l'umile "Wille", creduto una semplice funzione dell'intelletto, e te lo ha sollevato al primo gradino, l'intelletto è divenuto affatto secondario, un fenomeno che accompagna il "Wille"; ma che gli è inessenziale, che mette il capo fuori solo quando il "Wille" apparisce nella vita organica, quindi un organo del "Wille", un prodotto fisico, un essere non metafisico. L'intelletto può andare a spasso senza che il "Wille" vada via: anzi nella vita vegetale e inorganica non c'è vestigio d'intelletto, e perciò non è il volere condizionato alla conoscenza, come tutti sostengono, ma la conoscenza è condizionata al volere, come sostiene Schopenhauer.

A. Capisco, capisco. Finora ti confesso che ridevo tra me e me del "Wille" e dicevo: È infine una parola, il nome di battesimo della cosa in sé, che Schopenhauer ha aggiunto alla dottrina kantiana . Ma l'amico è fino, e veggo dove va. Celebriamo i funerali dell'idea.

D. In effetti, il "Wille", operando alla cieca, non è legato da alcuna necessitá come l'idea, o come la sostanza di Spinoza. Assolutamente libero, può starsene con le mani in saccoccia, nella maestá della quiete. Quando sente un prurito, un pizzicore, esce dalla sua immobilitá e genera le idee.

A. E dálli; lui pure con l'idea!

D. Rassicurati. Non è l'idea di Hegel, ma sono le idee di Platone, "species rerum", tipi e generi, fuori ancora dello spazio e del tempo.

A. Sono dunque concetti.

D. Adagio. Le forbici non ti hanno potuto ancora cavar di capo la filosofia. Hai da sapere che per Schopenhauer i concetti sono semplici astrazioni cavate dal mondo fenomenico, come l'essere, la sostanza, la causa, la forza, ecc.; hanno un valore logico, non metafisico; sono un pensato, non un contemplato. Stringi e premi, il concetto non ti può dare che il concetto. E ci volea la sfacciataggine di Hegel per fondare la filosofia sopra i concetti. Le idee al contrario sono il primo prodotto del "Wille"; non generano, anzi sono generate, e sono, per dir cosí, l'abbozzo o l'esemplare del mondo, perfettamente contemplabili. Cosí in questa teoria trovi raccolte le piú grandi veritá della filosofia, la cosa in sé di Kant, le idee di Platone, e l'unitá o il monismo immanente di Spinoza. Uno è il "Wille", immanente nelle cose, anzi le cose non sono che esso medesimo il "Wille", messo in movimento, la luce è l'apparenza del "Wille".

A. Allora Schopenhauer è panteista.

D. Che importa?

A. Bagattella! Hai dimenticato, debbo tornare in Italia. L'idea puoi avventurarla qualche volta, con certe cautele, perché anche i Governi sanno le loro idee; soprattutto se la pronunzii in plurale, volendo ciascun ministro averne parecchie a suo uso. Ma col panteismo non c'è scappatoia.

D. Consolati dunque. Schopenhauer non è panteista, perché il suo mondo rassomiglia piuttosto al diavolo che a Dio. Panteista, dice Arturo, è colui che divinizza il mondo, trasformando l'idea in sostanza o in assoluto, e facendo della ragione il suo organo. L'idea come sostanza opera fatalmente e ragionevolmente...

A. Credevo che il panteismo consistesse nell'ammettere una sostanza unica, immanente, quale si fosse il suo nome, sostanza, idea, o "Wille"; ma poiché Schopenhauer m'assicura il contrario, come dovrò chiamarlo?

D. Chiamalo monista, e ti tirerai d'impaccio. L'idea dunque, come ti dicevo, opera fatalmente, perché opera ragionevolmente; onde l'ottimismo, quell'andar sempre di bene in meglio secondo leggi immutabili, che dicesi progresso. Ma se è cosí, dice Schopenhauer, come spiegare il male e l'errare?

A. Hai messo il dito nella piaga. Bel Dio è codesto mondo, un misto di follia e di sciocchezza e di birberia. L'idea quando l'ha concepito si doveva trovare nell'ospedale dei pazzi.

D. Schopenhauer perciò ha congedato l'idea, e ci ha messo il "Wille", cieco e libero, che fa bene e male, come porta il caso. Il quale, se se ne stesse quieto, sarebbe un rispettabile "Wille"; ma come ha de' ghiribizzi, gli viene spesso il grillo di uscire dalla sua generalità e farsi individuo. Questo è il suo peccato: di qui scaturisce il male. È il "principium individuationis", quello che i cattolici chiamano la materia o la carne, che genera il male. Potrebbe dire: Non voglio vivere , e sarebbe Dio; ma quando gli viene in capo di dire: Voglio vivere , diventa Satana. La vita è opera demoniaca.

A. Veggo che questo "Wille" dee essere un asino, un buffone ed un briccone; oh, sí che avevo ragione quando dissi che la vera idea del mondo, colui che lo governa, è Campagna; piú ci accostiamo a questo tipo, e più ci accostiamo alla veritá.

D. Il "Wille" è essenzialmente asino finché non produce il cervello.

A. E come tutt'a un tratto diviene dottore? Voglio dire: se non ha conoscenza, come può produrre la conoscenza?

D. Da padre asino non può nascere un figlio dotto?

A. Lasciamo lo scherzo. Perché?

D. Perché vuole. Il "Wille" può tutto, e quando vuol conoscere, ti forma un cervello. Non l'ho io detto che il "Wille" ama la vita? E finché vuol vivere come pietra o come pianta, non gli viene in capo il cervello, perché può farne senza. Ma quando gli si presenta l'idea dell'animale, e dice: Voglio essere un animale , ti forma il cervello, essendo l'intelletto, come ti ho detto, necessario alla vita animale. Ed il "Wille" maritato all'intelletto è quello che dicesi comunemente anima.

A. Un intelletto che nasce da un "Wille" inintelligente è un miracolone piú grosso che quello di san Gennaro.

D. Non piú grande che quello che trovi ne' fatti piú ordinarii. Una pietra che cade in virtú della legge di gravita è un miracolo cosí grosso, come che l'uomo pensi. Tutti queste miracoli li fa il "Wille" perché vuole cosí.

A. Cioè a dire, che se la pietra cade, gli è che vuol cadere?

D. Certamente.

A. E s'io ti gittassi dalla finestra, vorresti andar giú a fracassarti il cranio?

D. Io sono un essere complesso. Il mio corpo vorrebbe, perché sottoposto anche lui alla legge di gravitá.

A. Avevo creduto finora che nella vita inorganica il movimento venga dal di fuori; e che se, per esempio, la pietra cade, gli è perché io le do la spinta...

D. Non solo, ma perché ella è pietra e non uccello. Cade perché la sua natura porta cosí; e in questo senso diciamo che vuol cadere.

A. Ma allora questo "Wille" non lo capisco piú. Se siegue certe leggi nell'ordine fisico, potrebbe seguirle pure nell'ordine morale; e se opera secondo leggi fisse, non è piú "Wille", ma idea, è un "Wille" intelligente.

D. Pensa a Campagna.

A. Qui non ci sente. Credevo questo "Wille" un asino ed un buffone; ora mi parli di leggi.

D. Il "Wille" è libero finché non vuol niente; ma quando vuole qualche cosa...

A. Fermiamoci qui. Un "Wille" che non vuole è una contraddizione ne' termini; perché l'essenza del "Wille" è il volere.

D. Ma, come libero, può anche volere non volere.

A. È una sottigliezza. Ma lasciamo star questo. Che cosa lo spinge a volere?

D. Un pizzicore interno.

A. È una facezia. Il volere è un desiderio che suppone il bisogno; il bisogno suppone una mancanza; e la mancanza presuppone un'essenza, un essere con certe determinazioni, con una propria natura. Il "Wille" dunque non può essere un primo, perché presuppone l'essere, e quindi l'idea.

D. Pensa a Campagna.

A. Rispondi cosí quando non hai che rispondere.

D. Se m'interrompi sempre, non la finiremo piú. Dicevo che quando vuole qualche cosa, il "Wille" non è piú libero, dovendo adoperare tutti i mezzi che vi conducono: allora è sottoposto a leggi, le quali perciò riguardano il "Wille" fenomenico, non il "Wille" in sé stesso.

A. Ma dunque, volendo qualche cosa, il "Wille" si propone un fine e vi applica i mezzi. E mi vuoi dare a credere che sia un asino, che non adoperi ragionevolmente, che non sia intelligente?

D. Ma questo lo fa inconsapevolmente, a modo di uccello che, volendo sgravarsi delle uova, comincia a raccogliere delle pagliuzze e si costruisce il nido. L'uccello non sa neppure a qual uso è destinato il nido. Fa tutto questo non perché lo pensa, ma perché lo vuole.

A. È un giochetto di parole. Manca la coscienza, non l'intelligenza Non basta volere, bisogna sapere, con coscienza o no, poco importa. Il tuo "Wille", se è cieco, può volere quanto gli piace, che non sará buono a nulla, neppure a formare la pietra. In ogni formazione si suppone convenienza di mezzi col fine; e questo è opera dell'intelligenza. Un "Wille" cieco che ti forma il mondo! Il volere, mio caro, non basta; ci vuole il sapere. Voglio andare a Parigi, e, se non so la via e ci giungo, sará per caso: ma tra le cento, novantanove volte non ci giungerò.

D. Ma il "Wille" è cieco non perché sia propriamente un asino, ma perché non si può dire che pensi e rifletta; opera senza coscienza.

A. Ma chi ti ha detto che l'idea opera con coscienza, e pensi e rifletta? Sappiamo che la Natura opera spontaneamente e inconsapevolmente; se ne dee cavar per conseguenza che operi irragionevolmente? E quando Hegel vede l'idea nella pietra, credi tu che l'idea la rifletta e pensi? Se il "Wille" fa quello che si richiede allo scopo propostosi, è un essere ragionevole, è l'idea. Non m'interrompere. Qui non c'è a rispondere altro che un: Pensa a Campagna!.

D. Se vuoi vedere qual differenza corra tra il "Wille" e l'idea, pon mente alle conseguenze. Dall'idea nasce un mondo irragionevole, e perciò pessimo.

A. Il che non prova che il "Wille" non sia un'idea: prova solo che sia un briccone. Chi vuole una cosa cattiva e vi adopera i mezzi, lo chiamiamo malvagio, ma non irragionevole.

D. La vita per l'idea è il suo medesimo svolgersi progressivo secondo le sue leggi costitutive. Per il "Wille" la vita è un peccato; maledetto il momento che dice: Io voglio vivere!. Vivendo, cessa di esser libero, s'imprigiona nello spazio e nel tempo, entra nella catena delle cause e degli effetti, diviene un individuo, si condanna al dolore ed alla miseria, scendendo con le proprie gambe in questa valle di lagrime, come Empedocle ed il Salve Regina chiamano il mondo.

A. E perché mo' tutto questo?

D. Perché il "Wille" come infinito non può appagare sé stesso sotto questa o quella forma, dove trova sempre un limite. Prendere dunque una forma è la sua infelicitá; il suo peccato, la sua miseria è nel dire: Io voglio vivere .

A. Farebbe dunque meglio a dire: Io voglio morire .

D. Certamente. La morte è la fine del male e del dolore, è il "Wille" che ritorna sé stesso, eternamente libero e felice. Vivere per soffrire è la piú grande delle asinitá.

Se la vita è sventura,

Perché da noi si dura?

La vita è un fenomeno, un'apparenza, "pulvis et umbra", vanitá delle vanitá; dove non ci è altro di reale che il dolore; e se ne togli il dolore, rimane la noia.

A. Mi pare che ti sii distratto; e che da Schopenhauer sii caduto in Leopardi.

D. Leopardi e Schopenhauer sono una cosa. Quasi nello stesso tempo l'uno creava la metafisica e l'altro la poesia del dolore. Leopardi vedeva il mondo cosí, e non sapeva il perché.

Arcano è tutto

Fuorché il nostro dolor.

Il perché l'ha trovato Schopenhauer con la scoperta del "Wille".

A. Forseché Leopardi non ti parla di un "brutto poter, che ascoso a comun danno impera", e forse non gli appicca subito dopo "l'infinita vanitá del tutto"? Mi par che questo sia propriamente il "Wille", giacente sotto tutta quella serie di vane apparenze che dicesi mondo.

D. Con questa differenza, che "il poter" del Leopardi è la materia eterna dotata di una o piú forze misteriose; laddove il potere di Schopenhauer è una forza unica, il "Wille", e la materia è il velo di Maia, una sua apparenza. L'uno è materialista, e l'altro è spiritualista.

A. Come dunque hanno potuto riuscire nelle stesse conseguenze? Che dalla materia nasca un mondo cattivo, si concepisce; il materialismo è una di quelle parole che mi fa tanto paura quanto il panteismo; ma lo spiritualismo è una parola che suona così bene all'orecchio, l'arca santa della religione, il palladio della civiltà cattolica, una specie di passaporto che ti fa entrare senza sospetto in Napoli ed in Torino, in Austria ed in Francia, e fino in Pietroburgo, il vero "Verbum", la parola delle parole, a cui battono le mani con ugual compiacenza la santa fede e la vera libertá, gli assolutisti e i liberali...

D. I liberali di Napoli...

A. I liberali ben pensanti, i liberali onesti di tutt'i paesi. Cosa sei tu? Sono spiritualista. E con questo talismano l'onestá ti spunta sulla fronte, e ti si fa lieta accoglienza in tutta l'Europa civile. Sono spiritualista, e Ferdinando II mi fará una lettera di raccomandazione al Papa, Luigi Napoleone mi farà girar Parigi senza accompagnamento, e Cavour mi farà cavaliere di San Maurizio. Non ridere, ché parlo da senno.

D. Vedi dunque ch'io ti ho raccomandato una buona filosofia, perché Schopenhauer è spiritualista.

A. E s'accorda con Leopardi che è materialista! non credevo piú alla filosofia, ma credevo alla logica: ora non credo piú nemmeno alla logica.

D. Leopardi, sotto nome di un filosofo greco, dice: La materia è "ab æterno" ; e dal seno della materia vede germinare l'appetito irrazionale, e quindi l'ignoranza, l'errore, le passioni, in una parola il male. Schopenhauer ha detto: La materia non esiste, è un concetto, un'astrazione; ciò solo che esiste è l'appetito, il "Wille". Tutti e due dunque ammettono lo stesso principio, ma l'uno lo profonda nella materia, e l'altro gli fa della materia un semplice velo. Il "Wille" di Schopenhauer è quasi l'anima dei cristiani, che scende nel corpo come in un carcere, costretta a convivere con lui, ma tenendosene distinta e lontana per tema di contagio, e sospirando al momento della separazione, che dicesi morte ed è la vera vita. Salvo che nella dottrina religiosa l'anima è il bene, ed il male è nel corpo; laddove per Schopenhauer il male è nello spirito, nel "Wille", e la materia è lo stesso "Wille" quando si degna di comparire, il suo fantasma. Ecco perché Leopardi e Schopenhauer si accordano nelle conseguenze, ponendo a principio del mondo lo stesso Potere cieco e maligno; e poco rileva che nell'uno sia una forza della materia, e nell'altro una forza che si manifesta sotto aspetto di materia: ne nasce lo stesso "ergo".

A. Capisco. Lo spiritualismo comincia ad entrarmi in sospetto. E Schopenhauer m'ha guastata questa bella parola. È il destino di tutte le parole che al primo entrare nel mondo sono belle e festeggiate, e poi, tira tu e tira io, si sconciano, s'invecchiano, s'imbruttiscono, fanno paura. E so molte parole che molti anni fa ti riempivano le scarselle ed ora te le vuotano. Lo spiritualismo era una delle poche parole rimase a galla in tanti naufragi; ed eccoti ora costui che me lo sconcia. E come oggi non basta piú dire: Son liberale ; ma hai da spiegare se la tua libertá è la vera o la falsa, quella degli onesti o quella de' bricconi; cosí ora ci sará il vero e il falso spiritualismo. Il vero e l'onesto spiritualismo presuppone l'opposizione, la guerra accanita tra lo spirito e il corpo; dove nel falso spiritualismo spirito e materia sono fratelli cugini.

D. Anzi germani; anzi la stessa cosa sotto due diversi aspetti. Perché secondo Schopenhauer l'opposizione tra materia e anima è un antico pregiudizio filosofico, introdotto da Cartesio, e accreditato da' ciarlatani sotto l'altro nome di natura e spirito. La sola, la vera distinzione è tra fenomeno e noumeno, o cosa in sé. Il "Wille" è il "Wille", ed il mondo è il suo fenomeno, la sua ombra, i suoi occhi. Tutto è vanitá; il "Wille", lo spirito solo, è.

A. Un'empietá sotto linguaggio cristiano. Perché qui lo spirito non è la ragione, ma il cieco appetito, origine del peccato; è lo spirito del male.

D. Precisamente. Il "Wille" non solo è peccatore, ma è il solo peccatore. Tutt'i nostri peccati è lui che li fa.

A. E noi siamo impeccabili?

D. Impeccabili.

A. Schopenhauer comincia di nuovo a piacermi, non ostante il suo falso spiritualismo. Mi sento giá correr pel sangue l'innocenza di un bambino. Se arriva a dimostrare che l'uomo non pecca, faremo per innanzi tutto quello che vogliamo.

D. Come se finora avessimo fatto quello che non vogliamo!

A. Ti so ben dire che finora ho fatto molte cose che non avrei voluto fare.

D. È una illusione. Tu sei un fenomeno del "Wille", e quello che hai fatto gli è che il tuo "Wille" lo ha voluto.

A. Spesso mi è venuto il ticchio di gridare in piazza: Viva la libertá! .

D. E perché non lo hai fatto?

A. Per paura di Campagna.

D. Vale a dire che, se non avessi avuto paura, l'avresti fatto. Tutti facciamo secondo la nostra natura. Il "Wille" prendendo forma d'individuo non è più libero, ma è questo o quello, cioè condizionato cosí o cosí, col tale e tale carattere. E, datosi un carattere, opera secondo quello. Ora, operare secondo il carattere, è fare quello che si vuole.

A. Un abuso di linguaggio. Perché fare quello che si vuole è in sostanza fare quello che si può. Ma in certi casi di due cose io posso farle tutte e due; e se fo l'una, so che poteva fare anche l'altra, e non l'ho voluta. Sono dunque perfettamente libero.

D. Un abuso di linguaggio, una illusione del cervello. Perché hai fatto cosí e non cosí?

A. Per la tale e tale ragione.

D. E questa tale ragione ti ci ha indotto con la stessa fatale necessitá con cui la legge di gravitá opera nella pietra. La pietra cadendo non fa peccato, perché ubbidisce alla sua natura; il ladro rubando non fa peccato, perché ubbidisce al suo carattere.

A. Ma la pietra non può non cadere, dove il ladro può non rubare.

D. Non capisci ancora. Supponi che il ladro prima di rubare esiti, e gli si affacci l'inferno, i comandamenti di Dio, il disonore, la carcere, ecc.; cosa farà? Se non ruba, non è virtú, ma effetto necessario del suo carattere; ha un carattere tale che quelle immagini gli facciano effetto. E se ruba, non è peccato, perché, posto il suo carattere, potea cosí poco tenersi dal furto, come la pietra dal cadere. Uomo libero è "contradictio in adiecto"; perché uomo è un essere condizionato e determinato; in modo che basta conoscer bene il carattere di uno per indovinare quello ch'egli fará. Capisci ora perché l'uomo è impeccabile?

A. E la morale? E il dovere?

D. Il dovere, dice Schopenhauer, è un'altra astrazione; nessuno ha il dritto di dire: Tu devi ; ed uno dei difetti di Kant è l'esser venuto fuori col suo categorico imperativo. Dovere e non dovere suppone una libertá di scelta che contraddice al concetto dell'uomo. Dimmi pure: Non devi ammazzare ; io ammazzerò, se il mio carattere porta cosí, e non farò peccato.

A. E se t'impiccano?

D. M'impiccano giustamente.

A. Come? Comincio a dubitare che il tuo cervello se ne vada passeggiando. E perché m'hanno da impiccare? Dove non ci è colpa, non ci è pena. Di che dovrò rispondere io?

D. Non della tua azione, ma del tuo carattere. Perché sei fatto cosí?

A. Oh bella! e che c'entro io? È il "Wille", quel birbone del "Wille" che m'ha fatto cosí.

D. E se t'impiccano, non è te che impiccano, ma il "Wille".

A. Anche questa! il dolore lo sento io.

D. Vale a dire lo sente il "Wille"; perché quello che ci è in te di vero reale è il "Wille"; tutto l'altro è fenomeno.

A. Ma il "Wille" che è in me è lo stesso "Wille" che è in colui che m'impicca.

D. Sicuro.

A. Allora il "Wille" che impicca è lo stesso che il "Wille" ch'è impiccato.

D. Sicuro.

A. Comincia a venirmi il capogiro.

D. Anzi è questa la base della morale Quando saremo persuasi che in tutti è un solo e medesimo "Wille", ci sentiremo fratelli, attirati l'uno verso l'altro da reciproca simpatia. E poiché lo stesso "Wille" è pure negli animali, anzi nelle universe cose, ci si accenderá nel cuore una simpatia universale....

A. Anche per l'asino...

D. Nostro fratello, come tutto il resto. La qual simpatia diventerá una profonda compassione quando penseremo che tutti per colpa del "Wille", siamo infelici, tutti condannati irremissibilmente al dolore. Ed in luogo di farci guerra l'un l'altro, ci compatiremo a vicenda e ce la prenderemo con l'empia Natura che ci ha fatto così.

A. Come dice Leopardi.

D. Bene osservato. Per Leopardi il principio etico o morale è la compassione...

A. Anche verso i birbanti!

D. Sicuro, anzi un po' piú di compassione ancora, perché non sono loro i colpevoli, ma l'empia Natura; non possono fare altrimenti di quello che fanno; e sono da compiangere come i malati ed i pazzi. Se gli uomini si guardassero a questo modo, non ci sarebbe più né invidia, né sdegno, né gelosia, né ambizione, né odio; il vocabolario sarebbe ridotto ad una sola parola, la compassione.

A. Veggo un giovine ricco, pieno d'ingegno e di dottrina, amato dalle donne, onorato, festeggiato; e gli dovrei dire: Ho compassione di te! . Mi sfiderebbe a duello, credendo mi beffi di lui.

D. E sarebbe uno stupido. Ma se avesse un dito di cervello avrebbe compassione di sé e di te e di tutti gli altri. Il piacere è negativo, incapace di soddisfare il "Wille" infinito; ed attendi, e di sotto i piú desiderati piaceri vedrai scaturire la noia e il dolore. Il piacere è un'apparenza labile, sotto la quale sta inesorabile il solo e il vero reale, il dolore. E dimmi in fede tua, se la ricchezza, la bellezza, l'ingegno, la gloria sia altra cosa che larva ed illusione.

A. Mi sembri un s. Paolo.

D. Spesso a sentir parlare Leopardi e Schopenhauer ti par di udire un santo Padre.

A. Un santo Padre in maschera. Guardali bene in viso, e vedrai spuntare le corna del diavolo.

D. Infine una filosofia nemica dell'idea, nemica della libertá, nemica del progresso, credevo dovesse piacerti.

A. Sissignore. Vado a Napoli, prendo Campagna sotto il braccio, e gli dico: Ho compassione di te! Sei sí contento: misero, di che godi? Sei cosí baldanzaso: misero, di che insuperbisci? Tu e l'ultimo "lazzarone" di Napoli siete la stessa cosa . Campagna m'accarezza la barba, se me la lascia, e mi fa certi occhi, come volesse dirmi: Eppure finirai con la forca . Ed io allora: Bello mio, e cosa ci guadagni? Non sai, Campagna mio dolce, che, secondo la nuova filosofia, impiccando me, impicchi te stesso. E se mi dái uno schiaffo, quello schiaffo ritorna sulla tua faccia, e se mi bastoni, io prendo un'aria di compassione, e dico: povero Campagna, non sai che bastoni te stesso .

D. Questo pare una caricatura, ed è la veritá.

A. Il difficile è che ci si creda.

D. La veritá, dice Schopenhauer, citando un antico, è nel pozzo; e come vuol mettere il capo fuori, le si dá sulle dita. Ma finisce col farsi largo. E vedi un altro vantaggio. Con questa filosofia non solo l'idea e la libertá va via, ma la patria, la nazionalità, l'umanità, la filosofia della storia, la rivoluzione.

A. Sei un furbo. Quando sto per tirare un calcio a Schopenhauer, hai l'arte d'ingraziarmelo un'altra volta.

D. Finirai con un: Viva Schopenhauer! .

A. Eppure Kant, suo maestro, predisse la rivoluzione, e ti parla sempre di dritto, di patria, di libertá. La sua morale fa perdonare alla sua metafisica.

D. Il contrario, uomo contraddittorio.

A. Perché mi chiami contraddittorio?

D. Perché ora parli secondo il pensiero, ed ora secondo la paura.

A. Hai ragione. Qualche volta mi dimentico di Campagna.

D. In Kant avvenne l'opposto, come nota l'arguto discepolo. Perché, insino a che stette a costruir la metafisica, ragionò col cervello; ma come si vide innanzi l'edifizio bello e compiuto, si spaventò e si ricorda di Campagna, vale a dire dell'antico e del nuovo Testamento, e ragionò con la paura e col pregiudizio. Cosí, perché ne' Comandamenti della legge di Dio trovi una litania di "devi e non devi", immaginò un dovere assoluto o categorico, lui che aveva prima considerato l'assoluto come trascendente ed ipotetico. E col dovere venne fuori l'immortalitá dell'anima, il premio ed il castigo, fondamento egoistico della morale volgare, la libertá congiunta col concetto di un Dio creatore, come se esser creato ed esser libero non fosse una contraddizione, e disconoscendo la massima che "operari sequitur esse", vale a dire che ciascuno fa cosí perché è cosí. A questo modo Kant, credendo di filosofare, non ha fatto che teologizzare, ed ha perduto ogni merito e credito, quando a corona dell'opera ti fa comparire in ultimo una teologia speculativa.

A. La paura è un gran filosofo.

D. Schopenhauer ha gittata giú questa filosofia della paura, ed attenendosi alla metafisica, ed aggiungendovi il "Wille", ha creato, come a buona ragione si vanta, la sola filosofia che dar ti possa una morale ed una teoria politica. Io debbo rispondere delle mie azioni, perché son io che le fo; il mio torto è d'esser io e non tu, e non qualsiasi altro.

A. E che colpa ci ho io d'esser nato cosí?

D. La colpa è del "Wille" che, facendo un uomo cattivo, ha avuto un cattivo capriccio.

A. E tocca a me pagarne la pena? Questo mi ricorda quel maestro che, volendo castigare un marchesino, e non osando toccare i magnanimi lombi, sferzava i suoi compagni di scuola.

D. Uno sciocco paragone. Hai dimenticato che tutto è "Wille" e che tu stesso sei "Wille"; onde la pena la porta sempre il "Wille". Ecco un fondamento incrollabile di morale, che non ha trovato né il giudaismo, né il cattolicismo, né il panteismo, né il materialismo: la gloria è tutta e solo di Schopenhauer. Il quale, assicurata la morale, pensa a darti una ricetta anche per la politica. Sta' attento.

A. Son tutt'orecchie. Qui sta il nodo. Una filosofia per me è vera o falsa, benedetta o maledetta, secondo che mi accosta o mi discosta da Campagna.

D. Immagina che Campagna ci senta, e vedi se non batterebbe lui prima le mani. Senti prima quello che dice de' liberali d'oggigiorno. Costoro, nota Schopenhauer, si chiamano ottimisti, credono che il mondo abbia il suo scopo in sé stesso, e che noi navighiamo diritto verso la felicitá. E perché veggono la terra travagliata da ogni maniera di mali, ne accaggionano i Governi e predicano che, tolti questi, si avrebbe il paradiso in terra, si raggiungerebbe lo scopo del mondo. Il quale scopo del mondo, a tradurlo nel giusto linguaggio, non è che il loro scopo, quello di mangiare e ubbriacarsi, crescere e moltiplicarsi, senza darsi una pena al mondo.

A. Campagna dice che lo ha detto tante volte lui.

D. A intenderli, parlano di umanitá e di progresso; in sostanza pensano al ventre. Immaginano che lo Stato abbia una missione: che sia l'organo, l'istrumento del progresso; il che significa, nel loro linguaggio, dispensiero d'impieghi e di quattrini per loro. Ma ecco la veritá. Gli uomini sono di natura bricconi e violenti, e sarebbe la terra popolata di assassini e di ladri, se lo Stato non fosse lí ad assicurare le proprietá e la vita. Questa è la sua missione; e quando un Governo ti protegge da' ladri e dagli omicidi, sei un briccone tu se gli contendi l'autoritá, e gli dici: Dammene una parte anche a me . E perciò tutt'i Governi presenti d'Europa sono ottimi, perché tutti provvedono alla sicurezza, e noi, volevo dire i demagoghi, sono i veri turbatori della quiete pubblica.

A. Merita la croce di s. Gennaro , mi dice Campagna.

D. Ora, siccome gli uomini sono inchinevoli al male ed alla violenza, e si fanno regolare nelle loro azioni non dalla ragione, ma dal "Wille", cioè dagl'istinti e dalle passioni, lo Stato non dee a reggerli adoperare la persuasione, ma la violenza. Perché gli uomini, quanto sono violenti tanto sono codardi, e non ubbidiscono che alla paura: fatti temere, e sarai ubbidito.

A. Campagna dice che la logica dovrebbe ridursi a questo solo argomento.

D. La forza dev'essere nelle mani di un solo uomo; perché dove il potere è diviso tra piú persone, ivi la forza è sparpagliata e meno efficace. D'altra parte lo Stato monarchico è piú conforme al "Wille". Prima di tutto, un solo "Wille" c'è. Poi guarda intorno. Vedrai le api, le formiche, gli elefanti, i lupi e gli altri animali, quando sono in processione, aver sempre innanzi un solo di loro, come re. Una società industriale, un esercito, un battello a vapore non ha che un solo capo. L'organismo animale è monarchico, perché il cervello solo è il re. Anche il sistema planetario è monarchico. Il re è l'incarnazione del popolo, e può ben dire: Il popolo son io.

A. Campagna dice che si dovrebbe farlo direttore della cassa a sovvenzione de' giornalisti.

D. Non m'interrompere. Un re, un capo dello Stato, che mantenesse la giustizia per tutti, è però un semplice ideale, e l'ideale è di natura eterea e facile a svaporare. A dargli perciò un po' di consistenza, come in certe sostanze chimiche, che non istanno mai pure ed isolate, ma commiste con altre sostanze, è pur forza che nello Stato s'introducano altri elementi, come la nobiltà, il clero, i privilegi. Tutto questo sente un po' d'arbitrio e di violenza; ma è meglio cosí, che uno Stato regolato dalla pura ragione; perché non rompi con le consuetudini e ti assicuri maggiore stabilitá. Vedi al contrario gli Stati Uniti, dove domina il diritto puro, astratto, sciolto da ogni elemento arbitrario. Ivi il piú abbietto materialismo con la sua compagna indivisibile, l'ignoranza: ivi la stupida bigotteria anglicana, una brutale rozzezza congiunta con la piú sciocca venerazione della donna. Aggiungi la crudeltá contro i neri, gli omicidii spessi ed impuniti, i duelli brutali; disprezzo del diritto e della legge, cupidigia delle terre de' vicini, scorrerie e spedizioni a modo di assassini, corruzione ed immoralitá. Tal frutto ti dà la repubblica. La quale dovrebbe esser rifiutata specialmente dagli uomini d'ingegno, che sono sempre sopraffatti da' molti ignoranti; dal monarca al contrario prediletti e festeggiati. La monarchia è conforme al "Wille"; la repubblica è una costruzione artificiosa, un frutto della riflessione, un'eccezione nella storia, non pure poco curabile, ma contraria a civiltá, veggendo come in tutti i tempi e presso tutt'i popoli le arti e le scienze non sono fiorite che nelle monarchie. Non ti pare?

A. In me ci è lotta fra il "Wille" ed il cervello. Il "Wille" vuol dir sí; ed il cervello fa boccacce, e susurra: Grecia, Roma, Italia .

D. La Grecia fu un'apparizione efimera; Roma è tutta nel secolo di Augusto; e l'Italia fu una vera, una lunga barbarie, come tutto il Medio evo. Del resto, se vuoi che il tuo "Wille" la vinca, non hai che a studiare Schopenhauer.

A. E sará il meglio. Ma non consideri che la monarchia oggi non basta ad assicurarti il collo; che ci si è infiltrato il veleno della costituzione. E di qual monarchia parla Schopenhauer?

D. Fa buon animo, ché Arturo ha pensato anche al tuo collo. Un re costituzionale, egli dice, è ridicolo, come gli Dei di Epicuro, che pensano ad ingrassare in cielo, e non si prendono cura di quaggiú. Se lo tenga l'Inghilterra, che lo ha caro, ché s'affá alla sua natura. Ma noi siamo veramente buffoni, quando ci poniamo addosso il frak inglese. Una delle piú stupide istituzioni è quella de' giurati, perché nelle grossolane teste del volgo non può entrare che un "calculus probabilium", e non sa distinguere verosimiglianza da certezza, e pensa sempre alla bottega ed a' figli. Lo lodano d'imparzialitá; imparziale il "malignum vulgus"! La libertá della stampa può esser tenuta come una valvola di sicurezza contro le rivoluzioni, vero sfogatoio dei mali umori; ma d'altra parte è come la libertá di vender veleno. Perché tutti gli spropositi che si stampano, si imprimono facilmente nel cervello de' gonzi; e di che non è capace uno sciocco quando si è fitta una cosa in capo?

A. Cari giurati, cara libertá della stampa, cara costituzione, vi fo un addio. Mi sento i peli piú tranquilli sul mento. Ma ci resta la patria, la nazionalitá, che è qualcosa di peggio. Non ci avevo pensato.

D. Ma ci ha pensato Schopenhauer. Il "Wille" esiste solo negl'individui; patria, popolo, umanitá, nazionalitá sono astrazioni, concetti vuoti. Pensano altrimenti gli spinosisti moderni, e sopra tutti quel corrompiteste di Hegel, la cui mediocrità avrebbero potuto i tedeschi legger nella volgaritá della sua fronte, se avessero studiato la scienza della fisonomia; la natura aveva scritto sulla sua faccia: uomo ordinario. Ora, costui e con esso i ciarlatani moderni sostengono che ultimo scopo dell'esistenza è la famiglia e la patria; che il mondo è ordinato armonicamente secondo leggi prestabilite; che la storia è perciò una scienza, ed i fatti de' popoli e non quelli de' singoli individui hanno un interesse filosofico. Se avessero letto Schopenhauer, avrebbero veduto che solo i fatti dell'individuo hanno unitá, moralitá, significato e realtá, perché il "Wille" solo è cosa in sé. Il moltiplice è apparenza, i popoli e la loro vita sono astrazioni, come nella natura è astrazione il genere; e perché solo l'individuo, non l'umanitá, ha reale unitá, la storia dell'umanità è una finzione. I fatti storici sono il lungo e confuso sogno dell'umanitá; e volerli spiegare seriamente ti fa simile a colui che vede nelle figure delle nuvole gruppi d'uomini e d'animali. La storia dunque non è scienza, ma un accozzamento di fatti arbitrarii, dove ci può essere coordinazione, non subordinazione. Ed ha piú interesse una biografia che tutta la storia della umanitá; perché lá trovi la eterna pagina del "Wille", egoismo, odio, amore, timore, coraggio, leggerezza, stupidezza, scaltrezza, spirito, genio; e nella storia trovi un preteso spirito del mondo, una pura larva, fatti labili e senza significato, usciti spesso dalle piú futili cause, come nuvole agitate da' venti. Gli sciocchi, mal contenti dell'oggi, confidano nel dimani; e non veggono che il tempo è un fenomeno; che l'avvenire è simile al passato; che niente accade di nuovo sotto il sole; che la superficie muta, ed il fondo rimane lo stesso; e che il mondo rassomiglia a certe commedie italiane, dove, sotto diversi intrecci di fatti, trovi che Pantalone è sempre Pantalone, e Colombina è sempre Colombina. Poniamo pure che un progresso intellettuale ci sia; non perciò gli uomini saranno mutati; e né istruzione, né educazione varranno a renderli men cattivi e meno infelici; il progresso morale è un sogno.

A. Chiudiamo dunque le università e le scuole, ed aboliamo tutte le storie.

D. Non dico questo. La storia non è del tutto inutile, perché un popolo che non conosce la propria storia è come un uomo che non abbia memoria della vita passata, legato al presente come un animale.

A. Ma nell'individuo c'è il "Wille"; il "Wille" ti dá il carattere; e il carattere ti dá la necessitá e la subordinazione de' fatti. Il popolo è una finzione poetica; non ci è il "Wille", non ci è carattere; la sua storia è un ammasso di nuvole a diverse figure; e non so che partito se ne può cavare.

D. Un tantino d'esperienza sempre se ne cava. Una donnicciuola che ha fatto sperimento di una medicina in un caso, dove se ne ricordi, può farne uso in un caso simile.

A. Vale a dire che la storia è un medico empirico.

D. Credi tu che ci sia veramente una medicina ai tanti mali che travagliano l'umanitá? Sono mali incurabili, inerenti alla nostra natura.

A. E la monarchia co' nobili, i preti ed i privilegi?

D. Serve solo ad assicurare il diritto.

A. E questo ti par piccola cosa?

D. Ma, come il piacere è una negazione, ed il solo dolore è, cosí il diritto non ha niente di affermativo; l'affermazione è nel torto.

A. Gran testa! il no vuol dir sí, ed il sí vuol dir no. Questa invenzione merita il primo premio; ed il secondo lo daremo ad Hegel, che dice che il sí ed il no è la stessa cosa.

D. Se non esistesse il torto, non esisterebbe il diritto. Il diritto è la negazione del torto. Lo Stato è il custode del diritto, perché mi difende da chi mi vuol far torto. Perciò è un commissario di polizia, e non un medico. Non può guarirci da' nostri mali; e non sarebbe neppur desiderabile che ci guarisse.

A. Questa è una vera scoperta: ché nessuno l'ha detto ancora. Fin qui dicevo tra me e me: Anche Leopardi l'ha detto . Perché Leopardi non crede al progresso, si ride della filosofia della storia, e reputa insanabili i nostri mali. Solo quella faccenda del diritto e del torto non ce la trovo; ma me la ricordo nel padre Bartoli. Ma né in Leopardi, né in Bartoli, né in nessuno trovo che la nostra guarigione sia cosa poco desiderabile.

D. Perché, se sei guarito dal dolore, ti rimane non il piacere, che è una negazione, ma un nemico ancor piú molesto, la noia; e perché, ove tutti fossimo felici, ne verrebbe un accrescimento di popolazione, le cui spaventevoli conseguenze atterriscono ogni piú ardita immaginazione.

A. Perdona, Gioberti. Bisogna concedere il primato al cervello di Schopenhauer. Il tuo cervello non avrebbe saputo trovar questa: e sì che ne ha trovate tante. E che razza di mondo è dunque cotesto? La patria è un'astrazione; l'umanitá è una finzione; la storia è un giochetto di nuvole; l'individuo è condannato immedicabilmente al dolore ed alla noia. Perché viviamo dunque? uccidiamoci. Bella, adorabile, pietosa morte.

Chiudi alla luce omai

Questi occhi tristi, o dell'età reina.

D. Leopardi si è troppo affrettato a tirar la conseguenza. Schopenhauer da questo inferno, che chiamasi vita, ha saputo cavar fuori il paradiso: e qui è veramente che spicca un volo d'aquila.

A. Sfido Schopenhauer a tirare altra conseguenza che il suicidio.

D. Valga. Senti ed impara. Gl'indiani ed i cristiani hanno trovata la vera medicina. Bisogna morire, ma senza cessar di vivere.

A. Che è il mezzo più comodo a contentare la vita e la morte.

D. Il "Wille" desidera di vivere, corre sempre alla vita; la vita è il suo eterno presente. E vivere significa abbandonarsi alla satisfazione di tutt'i desiderii ed i bisogni. Dapprima opera come cieco stimolo, senza conoscenza, e dice: Voglio vivere . Poi si dá un cervello dotato d'intelletto, riconosce sé stesso nella immagine cosmica, e dice ancora: Voglio vivere . Nell'uomo si dá non solo un intelletto, come negli animali, ma una ragione; e dice sempre: Voglio vivere . E come la vita, cioè a dire la satisfazione de' bisogni e de' desiderii, gli è più difficile nella forma d'uomo, si è costruito un cervello piú artificioso, sí che l'intelletto è più acuto e rapido, e vi ha aggiunta la ragione, la facoltá dell'assoluto secondo i tre ciarlatani, e che in sostanza è stata dal "Wille" messa in compagnia dell'intelletto per i suoi bisogni. Perché l'intelletto provvede solo al presente; laddove la ragione, facoltá dei concetti, astrae, generalizza, coordina, subordina, lega il presente al passato e predice l'avvenire. Armato di queste due arme potentissime, il "Wille" sotto forma d'uomo s'abbandona al piacere di vivere; ed è qui la fonte della sua infelicitá: perché di desiderio pullula desiderio, bisogno genera bisogno, e non ci è verso che si appaghi e vive agitato.

A. Bisogna trovargli un calmante.

D. E questo sedativo glielo dá la ragione. Perché, fatta dolorosa esperienza della vita, in qualche uomo di giudizio la ragione parla così: Non t'accorgi che gli individui sono sogni fuggevoli, che tutto passa, che il piacere è un'apparenza, che il voglio vivere, l'amore della vita è la radice de' tuoi mali? . E non puoi uscirne altrimenti che facendo guerra al "Wille", cioè a' desiderii, alle passioni, considerando tutte le cose a cui gli uomini tengon dietro, piaceri, onori, ricchezze, come vuoti fantasmi, uccidendo in te la volontá di vivere o di godere. "Sustine et abstine": segui questo principio, e ricovererai la pace dell'anima.

A. La pace della sepoltura.

D. Capisci ora cosa vuol dir morire senza cessar di vivere. Vivi, ma rinunziando a' godimenti della vita, come cosa vana; il che è dato di fare solo all'uomo fornito di ragione. Gli animali e tutte le cose vogliono vivere; tu solo ti puoi mettere al di sopra della vita; perché, fatto esperto dalla ragione, che non si arresta agl'individui, ma con la memoria del passato e l'anticipazione dell'avvenire ti dá come in uno specchio la conoscenza universale, puoi farti questa domanda: A che serve la vita? e da tanto affannarsi e correrle appresso qual guadagno se ne cava? "le jeu vautil bien la chandelle?". E quando ti persuaderai che la vita non vale la pena che un galantuomo si dá per lei....

A. Cosa farò?

D. Ucciderai il "Wille" che t'alletta alla vita.

A. Cioè il "Wille" uccide sé stesso.

D. Certo. Il "Wille" si afferma e si nega, come libero ed onnipotente. Per mezzo della ragione arriva alla sua negazione. E come l'atto generativo è il centro del "Wille" quando vuol vivere, hai per prima cosa ad astenerti da' piaceri carnali, e poi castigare la carne con digiuni, cilizii, astinenze.

A. Come sant'Antonio nel deserto.

D. I bramini ed i santi saranno il tuo esemplare; e la ricetta si può ridurre in queste tre celebri parole: castitá, povertá, ubbidienza. Cosí vivere è morire, senza che debba aver ricorso al suicidio, rifugio degli animi deboli.

A. E questo mentre gli altri si divertono, e mi danno la baia?

D. Anzi tu a loro. Perché da tutta l'altezza della tua calma guarderai come da sicuro porto gli uomini in tempesta. E farai come Schopenhauer, il quale, mentre nel quarantotto gli uomini correvano come impazzati gli uni contro gli altri, se ne stava osservandoli con un cannocchiale, e se la rideva sotto i baffi, e diceva: Fatevi ammazzare voi, ch'io me ne sto qui a contemplare il "Wille" . In effetti, se gli uomini si rendessero persuasi che la libertá, l'umanitá, la nazionalitá, la patria e tutte le altre cose per le quali si appassionano, sono astrazioni ed apparenze, ciascuno se ne starebbe quieto a casa sua, si appiglierebbe alla vita contemplativa cosí in privato, come in pubblico, ed in luogo di correre in piazza e affaticarsi e tormentare sé e gli altri, sdraiato su di un canapé e fumando saporitamente a modo di un turco, vedrebbe a poco a poco evaporare tra' vortici del fumo la sua individualitá e si sentirebbe puro "Wille".

A. Il canapé e la pipa ci è di soverchio: ché, chi vuol morire vivendo, dovrebbe far senza anche di questo. M'immagino il povero Schopenhauer come un monaco della Trappa, martire della castitá, della povertá, della ubbidienza, dolce come un agnello, e il corpo tutto piaghe per i cilizii.

D. Schopenhauer mangia divinamente, si prende tutt'i piaceri che gli sono ancora possibili, e grida e schiamazza sempre, tiranneggiato dal "Wille". Se gli nomini Hegel, diviene una tempesta, e per calmarlo gli devi fare un elogio della sua chiarezza e della sua originalità.

A. A che serve dunque la filosofia?

D. La filosofia è una conoscenza teoretica, che non ha niente a fare con la pratica. È la ragione cosí poco atta a renderti virtuoso, come è l'estetica a renderti artista. Ciascuno fa secondo sua natura; né puoi essere santo, se non ci hai vocazione, vale a dire se il "Wille" non ti ha dato carattere da ciò. Come si nasce poeta, cosí si nasce santo: "Velle non discitur"; perciò Schopenhauer non ti dá un precetto, non dice: Tu devi uccidere in te il desiderio di vivere .

Nessun divieto, nessun categorico imperativo. Descrive le azioni degli uomini, non le impone. La conoscenza del mondo come fenomeno opera qual motivo, e ti lega alla vita; la conoscenza del mondo come essenza opera qual sedativo, e ti distacca dalla vita. La quale conoscenza non è necessario che te la dia la filosofia; basta che la sia immediata. Quello che è necessario, è che tu abbi la predisposizione a santitá, la grazia.

A. Abbiamo cominciato con Kant e terminiamo con s. Agostino. A me credo che mi manca la grazia; perché quella faccenda della castitá, della povertá e dell'ubbidienza non mi entra. Io voglio vivere allegramente; e quando si dee crepare, creperemo. O se caso incontra, per il quale la vita mi torni incomportabile, amo meglio ritornare in grembo al "Wille" tutto a un tratto, che avvicinarmici lentamente con una lunga morte sotto nome di vita. Preferisco Leopardi a Schopenhauer.

D. Hai torto. Leopardi s'incontra ne' punti sostanziali della sua dottrina con Schopenhauer; ma gli sta di sotto per molti rispetti. Primamente Leopardi è poeta; e gli uomini comunemente non prestano fede ad una dottrina esposta in versi; ché i poeti hanno voce di mentitori.

A. Ma Leopardi ha filosofato anche in prosa.

D. Non propriamente filosofato; ché a filosofare si richiede metodo. E questo è una delle glorie di Schopenhauer. Si sono tenute tante controversie sull'analisi e sulla sintesi, sulla psicologia e sulla ontologia. Non si era letto Schopenhauer, la cui opera sarebbe stata nella bilancia la spada di Brenno. Analisi e sintesi, dice Arturo, sono vocaboli improprii, e dovrebbe dirsi induzione e deduzione. Ora, il metodo filosofico non è per niente diverso da quello di tutte le scienze empiriche, e dee essere analitico, che è quanto dire induttivo, prendere a fondamento l'esperienza e da quella cavare i giudizi: al che si richiede una facoltá apposita, ch'egli chiama la facoltá del giudizio, posta di mezzo fra l'intelletto e la ragione, l'intelletto che vede e la ragione che forma i concetti. Il filosofo vede e non dimostra. E te lo prova la stessa parola evidenza, la quale è derivata manifestamente dal verbo vedere. Ma per un antico pregiudizio è invalso che la filosofia debba partire dal generale e scendere al particolare; il che si chiama dedurre, e si fa per via di dimostrazione. E ne è nata l'opinione che senza dimostrazione non ci è vera veritá. Ma dimostrare è cosa facilissima, e non vi si richiede che il senso comune; laddove per cavare la veritá dagli oggetti si richiede quella tal facoltá del giudizio, che è conceduta a pochissimi. Perché a questa operazione è necessario conoscere bene i due procedimenti di cui parla Platone e Kant, l'omogeneitá e la specificazione, cioè a dire, cogliere negli oggetti quello che hanno di simile e quello che hanno di proprio, coordinare e subordinare, non andare a salti, non lasciar lacune, rispettare ogni differenza ed ogni somiglianza. Aggiungi che il metodo dimostrativo è noiosissimo, perché, come nel generale sono contenuti tutt'i particolari, alla prima pagina sai giá quello che viene appresso, e gli è come un aggirarti ogni dí nella piazza S. Marco; laddove ne' libri di Schopenhauer trovi una varietá infinita che solletica la curiositá e ti fa come viaggiare di una cittá in un'altra. Oltre a questo, una filosofia fondata sopra concetti generali, come assoluta sostanza, Dio, infinito, finito, identitá assoluta, essere, essenza, è come campata in aria e non può mai cogliere la realtá. E qui, pieno il petto di santo sdegno, Arturo fa fuoco addosso a Schelling, ad Hegel ed a tutt'i moderni fabbricatori di concetti. Costoro ti danno una filosofia di parole, dove egli ti dá una filosofia di cose. Perché dal suo osservatorio guarda ben bene gli oggetti, vede il simile ed il diverso, e con la sua potentissima facoltá del giudizio ne sa tirare delle verità così nuove, che tu ne rimani muto di maraviglia. E come si arrabatta a ficcartele in capo! Come sa maneggiarle in guisa che ciascuna prenda la forma di paradosso e alletti la tua attenzione! E se ti addormenti, è lui che ti sveglia e ti dice: Guarda che erudizione! E ve' questo che è un paradosso! Attendi e vedrai con quanta chiarezza ti spiegherò Kant! Sappi che io non leggo storie di filosofia, ma sempre le opere originali! e t'assicuro che penso sempre col capo mio! .

A. È vero almeno?

D. Lasciamo da banda lo scherzo. È vero. Schopenhauer è un ingegno fuori del comune; lucido, rapido, caldo e spesso acuto; aggiungi una non ordinaria dottrina. E se non puoi approvare tutt'i suoi giudizii, ti abbatti qua e lá in molte cose peregrine, acquisti svariate conoscenze, e passi il tempo con tuo grande diletto: ché è piacevolissimo a leggere. Leopardi ragiona col senso comune, dimostra cosí alla buona come gli viene, non pensa a fare effetto, è troppo modesto, troppo sobrio. Lo squallore della vita che volea rappresentare si riflette come in uno specchio in quella scarna prosa; il suo stile è come il suo mondo, un deserto inamabile dove invano cerchi un fiore. Schopenhauer, al contrario, quando se gli scioglie lo scilinguagnolo, non sa tenersi; è copioso, fiorito, vivace, allegro; gode annunziarti veritá amarissime, perché ci è sotto il pensiero: La scoperta è mia ; distrae e si distrae; e quando ragiona, ti pare alcuna volta che si trovi in una conversazione piacevole, dove, tra una tazza di thé ed un bicchier di champagne, declami sulla vanitá e la miseria della vita. Sicché leggi con piacere Schopenhauer e stimi Leopardi.

A. Capisco. Leopardi morí giovine, martire delle sue idee; Schopenhauer continua ancora a morire senza cessar di vivere.

D. Tu fai come i fanciulli, co' quali si è fatto troppo a fidanza; ché questo è un'insolenza bella è buona.

A. Tu vuoi il monopolio dello scherzo. Viva Schopenhauer molti e molti anni ancora, e ci regali un nuovo trattato sul "Wille". Anzi ti prometto che mi porrò a studiare davvero, e voglio fare una traduzione della sua opera principale e propagarla nel regno di Napoli. Perché penso che dee piacere molto a Campagna che i fedelissimi sudditi si dedichino alla vita contemplativa, facciano voto di castitá, di povertà e di ubbidienza, e lasciando lui vittima della vita, passino il tempo a fare una meditazione sulla morte.

D. Ma se vuoi che la tua edizione faccia frutto, hai da bruciare innanzi tutti gli esemplari del Leopardi.

A. Mi pare che Schopenhauer ti abbia inoculata la malattia del paradosso. Abbiamo detto che tutt'e due pensano allo stesso modo.

D. Perché Leopardi produce l'effetto contrario a quello che si propone. Non crede al progresso, e te lo fa desiderare; non crede alla libertá, e te la fa amare. Chiama illusioni l'amore, la gloria, la virtú, e te ne accende in petto un desiderio inesausto. E non puoi lasciarlo, che non ti senta migliore; e non puoi accostartegli, che non cerchi innanzi di raccoglierti e purificarti, perché non abbi ad arrossire al suo cospetto. È scettico, e ti fa credente; e mentre non crede possibile un avvenire men tristo per la patria comune, ti desta in seno un vivo amore per quella e t'infiamma a nobili fatti. Ha cosí basso concetto dell'umanitá, e la sua anima alta, gentile e pura l'onora e la nobilita. E se il destino gli avesse prolungata la vita infino al quarantotto, senti che te l'avresti trovato accanto, confortatore e combattitore. Pessimista od anticosmico, come Schopenhauer, non predica l'assurda negazione del "Wille", l'innaturale astensione e mortificazione del cenobita: filosofia dell'ozio che avrebbe ridotta l'Europa all'evirata immobilitá orientale, se la libertá e l'attività del pensiero non avesse vinto la ferocia domenicana e la scaltrezza gesuitica. Ben contrasta Leopardi alle passioni, ma solo alle cattive; e mentre chiama larva ed errore tutta la vita, non sai come, ti senti stringere piú saldamente a tutto ciò che nella vita è nobile e grande. L'ozio per Leopardi è un'abdicazione dell'umana dignitá, una vigliaccheria; Schopenhauer richiede l'occupazione come un mezzo di conservarsi in buona salute. E se vuoi con un solo esempio misurare l'abisso che divide queste due anime, pensa che per Schopenhauer tra lo schiavo e l'uomo libero corre una differenza piuttosto di nome che di fatto; perché se l'uomo libero può andare da un luogo in un altro, lo schiavo ha il vantaggio di dormire tranquillo e vivere senza pensiero, avendo il padrone che provvede a' suoi bisogni; la qual sentenza se avesse letta Leopardi, avrebbe arrossito di essere come "Wille" della stessa natura di Schopenhauer.

A. Finora abbiamo scherzato. Ora mi fai una faccia tragica.

D. Aggiungi che la profonda tristezza con la quale Leopardi spiega la vita, non ti ci fa acquietare, e desíderi e cerchi il conforto di un'altra spiegazione. Sicché se caso, o fortuna, o destino volesse che Schopenhauer facesse capolino in Italia, troverebbe Leopardi che gli si attaccherebbe a' piedi come una palla di piombo, e gl'impedirebbe di andare innanzi.

A. L'ora è tarda; e Schopenhauer mi ha fatto venire un grande appetito; e come non ho la grazia, non posso vincere il "Wille". Addio.

D. E mi lasci così? Tutto questo discorso rimarrá senza conclusione?

A. La conclusione la tirerò io. Se leggi Leopardi, t'hai da ammazzare; se leggi Schopenhauer, t'hai da far monaco; se leggi tutti questi altri filosofi moderni, t'hai da fare impiccare per amor dell'idea.

D. Intendo. Una giovine dicea a Rousseau: Giacomo, lascia le donne e studia le matematiche .

A. Vuoi dire che per me è il contrario. Lascio le matematiche e studio le donne. Voglio tornarmene in Napoli, bruciare tutt'i libri di filosofia, amicarmi Campagna; l'inviterò a pranzo, e faremo una conversazione filosofica sulle belle ragazze. Addio.

D. Ed io mi metto a scrivere l'articolo per la "Rivista contemporanea".

[Nella "Rivista contemporanea", a. VI, 1858, vol. XV,, pp. 369 408.]

LA SCIENZA E LA VITA

Signori

Siamo nel tempo della scienza. E non vi attendete già che io voglia scegliere a materia del mio dire il suo elogio. I panegirici sono usciti di moda, e se ci è cosa ch'io desideri è che escano di moda anche i discorsi inaugurali. Essi mi paiono come i sonetti di obbligo che si ficcano in tutte le faccende della vita e fanno parte del rito. E pensare che l'Italia in questi giorni è inondata di discorsi inaugurali, e che non ci è così umile scuola di villaggio che non avrà il suo. Se poi la scuola renda buoni frutti, che importa? questo è un altro affare. Ci è stato il discorso inaugurale, ci sono state le battute di mano, il pubblico va via contento, e non ci pensa più: se la vedano loro i maestri e gli scolari.

Queste erano le idee che mi passavano pel capo, quando seppi dell'incarico, che i miei dotti colleghi vollero a me affidare. Non ci era verso di pigliare la cosa sul serio. Se ci fosse qualche avvenimento straordinario, qualche grande occasione, che mettesse in moto il cervello, passi; ma fare un discorso, perchè in ciascun anno, il tal giorno, la tale ora, s'ha a fare un discorso, secondo l' articolo tale del regolamento, e la pagina tale del calendario scolastico, questo non mi entrava. Se avessi avuto gli elementi di fatto, quest'oggi vi avrei letta una relazione sul valore degl'insegnamenti, sulla frequenza dei giovani, sul risultato degli esami, sui miglioramenti fatti, sulle lacune rimaste, sul programma insegnativo del nuovo anno, e son certo che voi avreste gradito più queste interessanti notizie, che un discorso accademico. Ma poichè l'accademia non se ne vuole ire ancora, io che non voglio fare il ribelle, mi sottometto di buon grado al calendario, ed eccovi qua il mio discorso, confidando ch'esso sia l'ultimo discorso inaugurale, e che nell'avvenire penseranno gl'italiani meno a bene inaugurare e più a ben terminare.

Dicevo dunque che non voglio fare l'elogio della scienza. I panegirici sono usciti di moda: e poi, che bisogno ha lei del mio panegirico? Oramai ella è incoronata, è la Regina riconosciuta de' popoli, sulla sua bandiera è scritto: in hoc signo vinces. Le lotte l'hanno ritemprata, i suoi errori l'hanno ammaestrata, e non è valso incontro a lei scetticismo, nè indifferenze. Giunta è oggi al sommo del suo potere, ed ha i suoi cortigiani e i suoi idolatri, che promettono in suo nome non solo maraviglie, ma miracoli. È lei che rigenera i popoli e che li fa grandi, sento dire. Io che mi sento poco disposto a' panegirici, voglio dire a lei la verità, come si dee fare co' Potenti, voglio misurare la sua forza, interrogarla: cosa puoi fare? Conoscere è veramente potere? La scienza è dessa la vita, tutta la vita? Può arrestare il corso della corruzione e della dissoluzione, rinnovare il sangue, rifare la tempra? Sento dire: le nazioni risorgono per la scienza. Può la scienza fare questo miracolo?

Già, se guardiamo nelle antiche istorie, non pare. La scienza greca non potè indugiare la dissoluzione del popolo greco, nè sanare la corruttela del mondo latino. il rinascimento intellettuale in Italia fu in il principio della sua decadenza. Maggiore era la coltura, e più vergognosa era la caduta.

Dinanzi a questi fatti si comprende Vico, e siamo tentati a seguirlo nelle sue meditazioni. L'intelletto comparisce ultimo nella vita, e più conosce, più si fa adulto e più si sfibra il sentimento e l'immaginazione, le due forze onde vengono le grandi iniziative e i grandi entusiasmi. La scienza è il prodotto dell'età matura, e non ha la forza di rifare il corso degli anni, di ricondurre la gioventù. La maturità è certo l'età più splendida della vita, non il principio ma il risultato, e piuttosto la nobile corona della storia, che stimolo e inizio a una nuova storia. Appresso a lei viene la vecchiezza e la dissoluzione: e prendono posto popoli nuovi, più giovani, eterna legge della natura: la dissoluzione degli uni è la generazione degli altri.

La scienza cresce a spese della vita. Più dài al pensiero e più togli all'azione. Conosci la vita, quando la ti fugge dinanzi, e te ne viene l'intelligenza, quando te n'è mancata la potenza. Manca la fede, e nasce la filosofia. Tramonta l'arte, e spunta la critica. Finisce la storia, e compariscono gli storici. La morale si corrompe, e vengon su i moralisti. Lo stato rovina, e comincia la scienza dello stato. Gli Iddii se ne vanno, e Socrate li accompagna della sua ironia; la repubblica declina, e Platone costruisce repubbliche ideali; l'arte se ne va, e Aristotile ne fa l'inventario, la vita pubblica si corrompe, e sorgono i grandi oratori; l'eloquenza delle parole succede alla eloquenza de' fatti. Livio narra la storia di una grandezza che fu con un preludio che chiameresti quasi un elogio funebre. E non so che funebre spira nello sguardo profondo e malinconico degli ultimi storici, Tucidide e Tacito. La vita è sciolta, e Seneca aguzza sentenze morali. La vita è morta, e Plutarco passeggia fra le tombe e raccoglie le memorie degli uomini illustri.

Può dunque la scienza, l'ultimo frutto della vita, ricreare l'albero della vita? Io conosco, e posso dire con verità: dunque, io posso? Anzi non sarebbe vero che la scienza è l'ultima produzione della forza vitale, l'ultimo io posso della vita, la vita ritirata nel cervello, dove ricomincia la sua storia, una nuova storia, piena di maraviglie, che pure è là sua coscienza, e non la sua potenza, mancate a lei tutte le forze produttive, vivendi causae, mancata al sentimento religioso la fede, alla morale la sincerità, all'arte l'ispirazione, all'azione l'iniziativa, la spontaneità, la freschezza della gioventù?

La scienza potè illustrare, ma non potè rigenerare la vita greca e la vita romana. Non potè, e credette di poterlo, e questa fede fu la sua forza. La verità ch'ella cercava, le sarebbe parsa cosa spregevole, se non avesse avuto fiducia di trasportarla nella vita. Platone vede nella scienza un istrumento etico, e mira alla educazione della gioventù e alla prosperità dello stato, e perchè l'arte gli pare corruttrice, sbandisce l'arte. Anche Aristotile pone l'etica a fine supremo della scienza, e perdona all'arte, perchè ci trova un fine etico, la purgazione delle passioni. Socrate confida di potere ammaestrando la gioventù abbattere i sofisti e restaurare la vita patria. Ma la sua scienza non era la vita, e la vita fa Alcibiade, il suo discepolo, che affrettò la patria dissoluzione. Platone va in Siracusa, chiamatovi a rigenerare quel popolo, e la sua scienza non può ritardare di un minuto il corso della storia. Più la vita si fa molle, e più la scienza si fa rigida; nel loro cammino si discostano sempre più, senz'alcuna reciprocanza d'azione; di rimpetto alla vasta corruzione dell'impero sorgono accigliati gli stoici. Lo stoicismo potè guadagnare a sè individui, ma non potè formare o riformare alcuna società, anzi esso fu la scienza della disperazione, la consacrazione della dissoluzione sociale, il si salvi chi può, il Savio ritirato in sè stesso, impassibile alle vicissitudini del mondo esterno, disertore della società. La scienza operava sopra un mondo già corrotto, dove la libertà divenuta licenza avea prodotto il dispotismo, e dove le varie stirpi erano unificate dalla conquista, venute meno le differenze e le energie focali. Essa fu buona a sistemare e organare quel vasto insieme, e a introdurvi ordini e leggi stabili, che sono anche ogni documento dell'antica grandezza. Ma in quel sapiente meccanismo non potè spirare uno spirito nuovo, non restaurare le forze morali e organiche; lavorava nelle alte cime, già logore e guaste, e trascurava la base, quegl'infimi strati sociali, dove le forze morali erano ancora latenti e intere, e dove operavano con più efficacia i seguaci di Cristo. Un giorno la Scienza salì nella Reggia, si pose accanto a Luciano, ebbe in sua mano tutte le forze e non potè nè arrestare la dissoluzione della vita pagana, nè rallentare la formazione della vita cristiana. Pure che orgoglio menava quella società della sua scienza! con qual disprezzo trattava i barbari! e come avrebbero sorriso, se qualche malaugurato profeta avesse lor detto, che que' barbari erano i predestinati loro eredi e loro padroni!

Cessata la barbarie, rinasce la fiducia nella scienza, e se ne attendono miracoli. L'ideale è Beatrice, Fede che è scienza, e Scienza che è fede. La vita é un inferno, che la scienza di grado in grado trasforma in paradiso. E il Paradiso è la Monarchia universale, il regno della giustizia e della pace, dove la scienza riconosce sè stessa. Venne il Risorgimento, e la scienza credette davvero di poter ristaurare la vita. La scienza si chiamava Machiavelli, Campanella, Sarpi; e la vita fu Cesare Borgia, Leone decimo e Filippo Secondo. I pensieri rimasero pensieri, e i fatti rimasero fatti. Ultimo raggio di una vita gloriosa che rifletteva sè stessa nell'arte, produsse una forma limpida e bella, segnata qua e là di tristezza e d'ironia, come sentisse di essere non altro che forma, vuota di ogni contenuto e d'ogni organismo. Quella che chiamò sua età dell'oro, fiorente di studi, di arti, di scienze, fu la splendida età del suo tramonto, fu il sonno di Michelangiolo e fu la tristezza di Machiavelli.

Più tardi, la scienza opera come religione, diviene un apostolato, si propaga ne' popoli, trova il suo centro di espansione nello spirito francese, e provoca un movimento memorabile, di cui oggi ancora continuano le oscillazioni. Nasce una nuova società, si forma una nuova vita; la scienza ha anche lei i suoi apostoli, i suoi martiri, i suoi legislatori, il suo catechismo, e penetra dappertutto, nella religione nella morale, nel dritto, nell'arte, ne' sistemi politici, economici, amministrativi, s'infiltra in tutte le istituzioni sociali. Ma era scienza, e operò come scienza. Credette che rinnovare la vita fosso il medesimo, che rinnovare le idee, e conoscere fosse il medesimo che potere. Applicò la sua logica alla vita, fatale e inesorabile, come una conseguenza, date le premesse. Cercò le premesse ne' suoi principii e nelle sue formole, non nelle condizioni reali ed effettive della vita. Avvezza a trattare il mondo meccanico come cosa sua, trattò l'organismo sociale come un meccanismo, e trattò gli uomini come pedine, ch'ella potesse disporre secondo il suo giuoco. Concepì la vita come fosse ideale scientifico, e tutto guardando attraverso a quell'ideale, indebolì, volendo perfezionarli, tutti gli organismi sociali, religione, arte, società, e lo stato e la famiglia. Quando la vita così conculcata reagì, ella in nome della libertà uccise la libertà, in nome della natura snaturò gli uomini, e volendo per forza renderli uguali e fratelli, era la scienza e divenne la forza, era la cima, e non si brigò della base, e la base un bel dì fè una scrollatina e s'inghiottì la cima. Così sparve il regno della filosofia; la vita si vendicò e la chiamò per disprezzo ideologia; si credette un po' meno alle idee e un po' più alle cose. Più viva era stata la fede nella scienza, più acerbo fu il disinganno. E se ne cavò questa dura verità: la Scienza non è la vita.

Innanzi a questi esempii io mi raccolgo e mi domando: cosa è la vita di un popolo?

Un popolo vive, quando ha intatte tutte le su forze morali. Queste forze non producono, se non quando trovano al di fuori stimoli alla produzione Più gagliardi sono gli stimoli, e maggiore è la loro intensità e vivacità. Gli stimoli ti creano il limite, cioè a dire uno scopo, che le toglie dal vago della loro libertà, e le determina, dà loro un indirizzo. In quanto la loro libertà è limitata, queste forze sono produttive. L'uomo forte, quando pure voi gli togliate il limite, se lo crea lui, e se non può legittimo, se lo crea illegittimo: perchè la forza ha bisogno del limite, come il mezzo ha bisogno dello scopo. Testimonio è il prete, il quale, negati a lui i figli, si sente con più tenace affetto legato a' nipoti. Più il sentimento del limite è fiacco in un popolo, e più è debole, più è vicino alla dissoluzione: e per contrario la vita è più potente là dove è una coscienza più sviluppata del limite.

Per uscir dell'astratto, guardiamo cosa era l'uomo, prima che la scienza moderna vi avesse posto la mano.

L'uomo del medio evo, robustissimo di sentimento e d'immaginazione, nella pienezza della sua libertà e nella foga delle sue passioni, trovava ad ogni passo de' limiti accettati dalla sua volontà, perchè non erano imposti con violenza dal di fuori, ma erano il prodotto della sua coscienza. Que' limiti perciò non erano ributtati come ostacoli ma erano rispettati come doveri e come stimoli alla produzione. Aveva la sua casa, dove trovava la donna, materia di venerazione e quasi di culto, il padre della famiglia, armato di dritti formidabili, avvezzo al comando e sicuro dell'ubbidienza, il nome della famiglia, vincolo comune e rispettato, che imponeva a tutti gli stessi odii e gli stessi interessi, tradizioni secolari, di cui era viva la storia ne' testamenti degli avi, che con previdente affetto abbracciavano i secoli e incatenavano l'avvenire alla perpetuità del casato. La famiglia era già per lui come una piccola patria, che gli creava doveri, approvati dal suo cuore, e trasformati in gagliardi stimoli al decoro e alla prosperità della casa. E aveva la grande patria vicina e concreta, che incontrava ad ogni passo della vita, immedesimata col suolo, con la casa, con le parentele, co' suoi interessi le sue passioni e le sue aspirazioni, comunanza di sentimenti e di credenze e di costumi, che con vocabolo singolarmente espressivo era detto il Comune. Ivi trovava nuovi vincoli e nuovi stimoli all'opera, la sua chiesa e la sua classe, poderosi organismi, de' quali si sentiva parte, forte della forza comune. Quando si spiegava all'aria il gonfalone, tutti vi si stringevano attorno, deliberati a porre per quello le sostanze e la vita, perchè il gonfalone era il simbolo della patria e la patria era la terra de' padri, era la famiglia, la chiesa, la classe, il comune. L'uomo viveva come abbarbicato al suo suolo, a' suoi avi, alla sua casa, alla sua chiesa, alla sua classe, al suo comune, chiuso in potenti organismi, che gli rammentavano doveri da compiere più che dritti da rivendicare. Si sentiva non un individuo libero e isolato, ma parte di un tutto, vivente della vita di quello, figlio, marito, cittadino, soldato, credente, di questo o quel ceto. E qui era il difetto di quei ferrei organismi; l'individuo non vi aveva fini propri, ma un fine comune, che spesso pesava sopra di lui come il fato, e uccideva la sua libertà. A poco a poco il limite soperchiò, cessò di essere uno stimolo, e divenne un ostacolo. L'uomo stretto come in una rete di organismi soprapposti gli uni agli altri, de' quali non sapeva come distrigarsi, vi si sentia affogare e intisichire, e prese in odio i sentimenti più cari della vita, la sua religione la sua famiglia, il suo comune, la sua classe. Volendo rovesciare l'ostacolo, soppresse lo stimolo. Quei limiti non furono più doveri graditi, accettati dalla sua volontà ma obblighi imposti dalla violenza,e nell'ardore della lotta perirono nella sua coscienza non solo quegli obblighi, ma quei doveri; la religione, la stessa morale gli divenne sospetta, perchè invocata da' suoi oppressori; maledisse la società e la legge come istrumenti della sua oppressione e sospirò allo stato di natura, e perchè nel suo sangue ci era entrato il guasto, cacciò da sè il sangue cattivo e il sangue buono: così cominciò quella dissoluzione che Machiavelli chiamava corruttela italiana. Molti fanno di quella corruttela autrice la scienza, e non veggono che la scienza apparve quando la materia era già corrotta, apparve per risanare.

Che cosa era la scienza? Era l'intelletto già adulto che acquistava coscienza della sua autonomia, e si distingueva da tutti gli elementi del sentimento e dell'immaginazione, in mezzo a' quali era cresciuto credulo e ignaro di sè. Era la Natura già maledetta e scomunicata che si affermava in mezzo alla società del soprannaturale e del privilegio, e proclamava i dritti dell'uomo. Era l'individuo che contrapponeva la sua autonomia dirimpetto a tutti quegli assorbenti organismi degli esseri collettivi, dirimpetto alla famiglia, al Comune, alla Chiesa, alla Classe, allo Stato, e si proclamava fine e non mezzo. Il limite aveva soverchiato la libertà. E la Scienza era la Libertà, che reagiva contro il limite.

Perchè la scienza ebbe così piccolo potere sulla vita romana? Perchè la vita vi si era raffreddata, ritiratosi da lei ogni stimolo, ogni sentimento del limite. E se ne volete una immagine, guardate alla catastrofe. Là erano i barbari che si avanzavano, e qua erano soldati accampati alle frontiere, che li attendevano. Quelli portavano seco la patria, la famiglia, le loro donne, i loro vecchi, i loro figli, erano un popolo in marcia: le loro migliori armi erano le loro forze morali. Là era la famiglia, e qua era la caserma, soldati di ogni gente, tutti chiamati romani, e perciò nessuno romano davvero, tenuti insieme nella vita artificiale de' campi senz'altro stimolo che lo stipendio, senz'altro vincolo che la disciplina, formidabili non a' loro nemici, ma a' loro concittadini, che li chiamavano pretoriani, lontana dalli occhi e dal cuore la casa, la famiglia, il tempio, la patria, tutti gli stimoli che fanno grandi gli uomini

E perchè la scienza potè così poco in Italia? Perchè vi erano indeboliti tutti quei limiti che svegliarono tanta potenza di vita in quella che fu chiamata età di mezzo; fiaccati i caratteri, prostrate le forze morali, rimaste vacue forme chiesa, famiglia, patria, classe, stato, ogni organismo sociale, ogni vita pubblica, vacue forme, alle quali l'alta ironia dell'intelletto italiano aveva portato via il contenuto. Nello stesso scienziato la vita era molto al di sotto del pensiero, spesso violenti e radicali i concetti, ipocrita il linguaggio, e servili le opere. La scienza può dare un nuovo contenuto, quando trova materia che lo riceva; altrimenti è un Sole, che irradia nel vuoto senza poter formare attorno a sè il suo sistema, e va in cieli più lontani, cercando materia più giovane e più feconda. La scienza, perchè operi sulla vita, bisogna che ami la vita, quale la trova, guasta che sia, e studii a ricreare ivi dentro gli stimoli e i limiti, nettandoli della scoria che il tempo vi ha aggiunti e riconducendoli a' loro principii, quando erano più nella coscienza che nelle istituzioni. Ma se il guasto è nelle radici, se insieme con la religione è mancato il sentimento religioso, se il sentimento della patria e della famiglia e della natura e della libertà è fiacco, se le stesse radici della vita son secche, cosa ti può fare la scienza ? La scienza non ti può dare la vita, anzi le volge allora le spalle, e se ne disgusta, e non segue più il corso delle' cose, segue il corso delle idee, si ritira nella solitudine del pensiero, rinunzia a qualsiasi azione immediata sulla vita, lavora per l'umanità, fruttifica in altre terre. Così la scienza fu presso noi più radicale ne' suoi concepimenti e più sterile ne' suoi atti. Molti oggi ancora se ne gloriano, e vantano la lucidità dell'intelletto italiano, che vedeva così alto e così lungi, quando altrove si disputava ancora di cose teologiche. E non pensano che l'intelletto italiano vedeva meglio, perchè il suo cuore sentiva peggio, mancati i sentimenti, le passioni, le illusioni, che trattengono nel suo volo l'intelletto, e lo tirano nella loro orbita, e impediscono che ne scappi fuori, libero nella sua corsa, ma solitario e infecondo.

La scienza potè così poco in Francia, come in Italia, ma per opposte cagioni. Tra noi una vita piena ed agitata compiva allora il suo ciclo, riflettendosi nelle arti e nelle scienze; ivi era nel suo pieno fiore, e il limite vi si manteneva ancora con molto prestigio. La monarchia vi era istrumento di conquista, di unificazione e di gloria; abbondavano i Casati illustri, che rappresentavano le glorie nazionali; la religione ricordava le più nobili tradizioni popolari, Carlo Magno e Carlo Martello, Goffredo, San Luigi, Giovanna d'Arco. Le forze popolari vi erano impetuose, espansive, immaginose ed ambiziose; ciò che è ancora oggi gran parte del genio nazionale. Contro a questa vita robusta e giovane urtò indarno l'ironia di Rabelais, il buon senso di Montaigne, lo spirito severo e prosaico degli Ugonotti, la riflessione malinconica di Pascal, e le sottigliezze estatiche de' giansenisti. Lo spirito nuovo potè appena scalfire la superficie di una vita più rumorosa che seria, nella quale invano cercavi il raccoglimento, la riflessione, la calma e l'equilibrio interiore. Lotte vi furono violente, ardenti, mescolate di scandali e di epigrammi, come portava il genio nazionale; ma Parigi valeva bene una messa, e gl'interessi pugnavano alla conservazione di una vita, che si sentiva ancora rigogliosa. Lo spirito pubblico sazio di conquiste e di gloria si addormentò sotto l'ombra del gran Re e tra le fallaci apparenze del secolo d'oro, di cui erano ornamento letterati e scienziati, pomposo lusso di corte, brillante preludio ad una vita tutta di convenzione, allegra, elegante, sciolta, sotto alla quale ruggivano inesplorate profondità. Il risveglio fu terribile. Sorse il disprezzo verso tutte le istituzioni nazionali, divenute decorazioni di corte, e in quel disprezzo soffiava l'ironia di Voltaire e la collera di Rousseau. La scienza vi divenne rivoluzione, perchè ebbe a suo servigio una nuova classe, che chiedeva il suo posto nella vita. E la rivoluzione fu violenta, rapida, drammatica, e nelle sue convulsioni assoluta come la scienza astratta come l'umanità. Cercando libertà non nel limite, ma contro il limite, ruppe il limite, e non diede la libertà. Combattendo la superstizione, spense negli uni il sentimento religioso, e provocò negli altri, come reazione, il fanatismo. Stabilì l'uguaglianza giuridica, e produsse una disuguaglianza di fatto sentita più acerbamente in quella contraddizione, e il frutto fu l'odio di classe, il più attivo dissolvente sociale, e i più delicati problemi abbandonati alla forza brutale. Mobilizzò fortune, famiglie, costituzioni e governi, e il turbinìo rapì seco ogni costanza di carattere, ogni fermezza di disciplina, ogni vincolo sociale, il culto del dovere e della legge. Sviluppò grandi caratteri, grandi forze, le usò e le abusò, trattò e stancò in tutti i versi una vita dotata di tanta elasticità, che oggi ancora così calcata minaccia ed offende. Quando non potè avere le cose, si appagò de' nomi; non potendo aver la sostanza, abbracciò l'ombra; riebbe l'imperatore senza l'impero, la repubblica senza i repubblicani; ripetè e scimieggiò sè stessa; ripetè rivoluzioni senza rivoluzionarii, epopee senza eroi; la storia divenne un circolo, nel quale elementi, ora vinti, ora vincitori, sempre violenti, si dibattono e si consumano. Limite e libertà, indeboliti nella coscienza, logorati nell'attrito, non furono più le funzioni organiche di una società armonica; furono meccanismi tanto più artificiosi e complicati ne' loro congegni, quanto la vita interna vi era più debole e men rispettata; sicchè nè i concordati rinvigorirono la fede, nè le costituzioni rinvigorirono la libertà. Operando fuori di ogni tradizione e di ogni condizione storica, la società rimase in balìa al lavorio de' cervelli; furono provati tutt'i meccanismi, furono fatte tutte le esperienze; i fatti furono costretti a camminare con la stessa velocità delle idee; la storia uscì dalle sue vie naturali, fu una corsa vertiginosa, che non ancora ha trovato il suo punto di fermata, lasciando dietro di sè nel cammino intelletti dubbiosi, sentimenti vacillanti, caratteri mobili, non so che insoddisfatto, uno spirito irrequieto, avventuroso, che molto si agita e poco conchiude, senza fermezza ne' fini e senza serietà ne' mezzi.

Questa fu la prima prova, nella quale l'influsso della scienza è visibile. Più che rivoluzione, fu reazione della natura contro la società, della libertà contro il limite. Ciascuna forza sociale nell'espansione della sua gioventù si oltrepassa e si esagera. La religione che non è di questo mondo, vuol essere questo mondo; lo stato usurpa a sua volta, e usurpa la famiglia, e usurpa il comune e usurpa la nazione. Anche la scienza è usurpatrice, e invade le altre sfere della vita sociale, e vuole realizzare in quelle sè stessa, alterando la loro natura, vuole formare una società intellettuale e scientifica, e come si diceva un tempo, il regno della filosofia. Ultima forma dello spirito, non è maraviglia che cerchi sè stessa in tutte le altre, e dove non vi si trovi, vi si cacci per forza. Nel suo orgoglio e nella sua inesperienza presunse troppo della sua forza, credette che quello che allo spirito apparisce ragionevole, dovesse e potesse per ciò solo tradursi in atto, e il suo motto fu: periscano le colonie, piuttosto che i principii. Le colonie perirono, ma non si salvarono i principii. E cosa avvenne? La scienza perdette il suo credito, quasi fosse ella stata cagione di tutte quelle calamità, e gli uomini nel loro disinganno rincularono insino al medio evo, cercando salvezza nel catechismo, quasi che fosse così facile restituirlo nella coscienza, com'era facile restituirlo nella memoria. Certo, da quel moto indimenticabile molti beneficii sono venuti all'umanità. La libertà si è fatta via ne' popoli civili; molti limiti artificiali sono caduti; molti limiti sociali sono trasformati; l'autonomia e l'eguaglianza dell'individuo ha generato l'autonomia e l'eguaglianza della nazione, il sentimento di nazionalità; la scienza ammaestrata in quella terribile prova, calando dalla sommità de' suoi ideali, ed entrando ne' misteri della vita e nelle vie della storia, assisa sopra tante rovine si è fatta pensosa, positiva e organizzatrice L'esperienza ha fruttato. Siamone grati a quel nobile popolo, che fece l'esperienza a sue spese, sul suo corpo e sulla sua anima; a questo martire della umanità, che vi logorò le forze, vi abbreviò la vita; a questo popolo che ha avuto più difetti che colpe, e la storia punisce sempre i difetti e risparmia spesso le colpe, perchè il difetto è debolezza, e la storia, come la natura, nutre i forti anche colpevoli a spese de' deboli.

La scienza che nella società latina ingoiò più di quello che poteva assorbire e digerire, restò al contrario nella vita anglo alemanna modesta ausiliaria, perchè ivi incontrò organismi formidabili, pieni di prestigio e di forza e di fiducia, e non si mise già di contro ad essi come nemica, per disfarli, ma penetrò ivi dentro con moto lento, ma continuo. E con poca resistenza; perchè gli organismi viventi, nel rigoglio del loro sviluppo, non hanno in sospetto la scienza, anzi se ne valgono come istromento ad allargarsi e consolidarsi, purgandosi e riformandosi, cioè cacciando da sè le parti morte e stantie, e rinnovando la materia; dove gli organismi vecchi e aridi stanno chiusi in sè e temono la scienza, odiano l'aria e la luce, come cadaveri che al contatto dell'aria si dissolvono. Ivi la scienza operava non fuori del limite ma entro di quello, e illuminava dall'alto la vita senza mescolarvisi, senza sforzarla, contenta alla sua parte modesta. Cosi ci vive e ci vivrà lungo tempo la chiesa, il comune, la classe, la famiglia, lo stato e la legge, limiti rispettati, la cui voce è ancora potente nel cuore degli uomini, e vi stimola e vi sviluppa le forze produttive. E ci vive insieme la scienza e la libertà, la più ampia libertà di coscienza, di discussione e di associazione, che pur non è un pericolo, ma una forza, perchè il volo dell' intelletto ha ivi il suo limite nelle forze sociali ancora integre, il sentimento religioso, la disciplina, la tenacità, il coraggio morale, il sentimento del dovere e del sacrifizio, l'amore della natura e della famiglia, il rispeto dell'autorità l'osservanza della legge, tutta quelle forze morali che nel loro insieme noi chiamiamo l'uomo. Sento dire che la scienza ha fatto grande la Germania. Ah! signori, sono queste qualità che fanno grandi i popoli, e la scienza non le crea, ve le trova. Ben può ella analizzarle, cercarne l'origine, seguirne la formazione, determinarne li effetti; ben può anche moderarle, correggerla, volgerla a questo o a quel fine: una sola cosa non può, non può produrle, e dove son fiacche e logore, non può lei surrogarle. No, ella non può, dove il sentimento religioso languisce, dire: la religione son io, e non può, dove l'arte è isterilita, dire: arte son io; può darti una filosofia della storia, del linguaggio, dell'uomo, dello stato; ma non ti dà la storia, il linguaggio, l'uomo, lo stato. Ti dà la coscienza della vita, non ti dà la vita, ti dà la forma, non ti dà la materia, ti dà il gusto, non ti dà l'ispirazione, ti dà l'intelligenza, non ti dà il genio.

Una forma non intende l'altra. Il sentimento non comprende l'immaginazione, e l'immaginazione non comprende l'intelligenza. Ciascuna forma pone sè stessa nelle altre, e non ci vede che sè, e si ride di ciò che non è lei. Il sentimento guarda con occhio di compassione l'uomo d'immaginazione, che ha bisogno d'idoli per alzarsi fino ad esso; e l'intelletto non comprende il sentimento nella sua ignoranza semplice e commovente. Una forma progredisce davvero, quando riconosce il suo limite nelle altre forme, e le studia e le comprende e le rispetta e fa di quelle il suo vestito. La religione cattolica fu potente davvero, quando uscì dal suo ascetismo, e riconobbe il suo limite nella vita, e se ne appropriò le passioni, gl'interessi e le forme, e il papa fu Re, e il Cardinale fu principe, e il Vescovo fu barone. Sotto a quel vestito temporale ci era lei nel suo spirito e nella sua verità; e se scadde, gli è che quel vestito divenne il suo corpo e la sua sostanza, e se perdette la vita temporale, gli è che da lei s'era ritirata la vita spirituale. Un gran progresso ha fatto la scienza, quando è giunta a riconoscere il suo limite nella vita, e si è fatta potente, perchè si è fatta modesta. Quel giorno che potè contemplare sè nella vita, e trovare ivi dentro la sua sfera accanto alle altre e studiarle, comprenderle, rispettarle nella loro autonomia, nella loro libertà, nel loro diritto alla vita, appropriarsele, fare dì quelle il suo vestito, rimanendo ivi dietro causa attiva e trasformatrice, quel giorno fu il principio della sua potenza. Questa è la grande scoperta del nostro secolo, che vale bene quella del vapore. L'ideale antico era Beatrice, la scienza che può tutto, la dottorona e la teologa; il nuovo ideale è Margherita, la vita ignorante, inconsciente, ma ricca di fede, di affetto, d'immaginazione e d'illusione. E, la scienza diviene Faust, il sapiente che ha disprezzato la vita e si è chiuso ne' libri, e attende dalla scienza miracoli, attende l'homunculus, e che nel suo disinganno lascia i libri e cerca la vita, e tuffandosi nelle fresche onde della natura e della storia ritrova la sua gioventù, ritrova l'amore e la fede. Allora si capì perchè i filosofi furono meno potenti degl'ignoranti apostoli; perchè i romani con tante scuole e con tanta dottrina soggiacquero alli analfabeti, che chiamavano barbari; perchè Machiavelli che sapeva di stato, fu meno possente di quei barbari, che fondavano gli stati, e perchè i civili italiani poterono disprezzare, comprendere, schernire, ma non vincere l'ignorante barbarie, maestri incatenati da' loro discepoli. Allora si capì che la scienza non è il pensiero di questo o di quello, non questo o quel principio, ma è produzione attiva, continua di quel cervello collettivo, che dicesi popolo, produzione impregnata di tutti gli elementi e le forze e gl'interessi della vita, e si capì che là, in quel cervello, ella dee cercare la sua legittimità, la sua base di operazione. Più si addentra nella vita, più imita la storia ne' suoi procedimenti, più dissimula sè stessa in quelle forze e in quegl'interessi, e più efficace e più espansiva sarà la sua azione.

E cosa è uscito da questa scienza, che ha saputo misurare sè stessa e ritrovare nella vita il suo limite? Là dove le forze morali sono ancora sane, ivi ella è principio attivo e assimilatore, produce nuovi organismi sociali. Ma dove il sentimento del limite è raffreddato e le forze organiche indebolite, là non è buona quasi ad altro che a darti una coscienza della tua decadenza, la quale ti toglie le ultime forze e affretta la tua dissoluzione. Così per qualche tempo la colta Europa dubitò del suo avvenire, e si proclamò da sè vecchia, e si domandò se forse non era destinata a diventare cosacca. Così noi latini parliamo oggi della decadenza della razza latina; e non so davvero qual forza rimanga più ad un popolo che si rassegni ad un preteso fato storico, e perda fede nel suo avvenire e predichi la sua decadenza. Quanto a me, preferisco a questa scienza l'ignoranza del popolano, che stimi sè ancora erede dell'antica grandezza romana, e sogni l'impero del mondo.

Una volta la scienza era tutto, e s'imponeva con la forza. Oggi corriamo al segno opposto; la vita è inviolabile, e bisogna lasciarla fare. Una volta frutto della scienza era la violenza; oggi frutto della scienza è una libertà poltrona e inorganica, che lascia la vita al suo processo storico, fosso anche di dissoluzione; che abbandona a sè stesse le forze cozzanti; che fa dello stato un essere neutro e ipocrita, un testimonio più che un attore; che si lascia fuggir di mano il freno, e che rivela l'indifferenza entrata negli animi, e quel difetto d'iniziativa e di coraggio morale, che noi sogliamo mascherare sotto la formola del lasciar fare e del lasciar passare: sicché frutto della scienza è una libertà che ripudia la scienza come potere legittimo e direttivo, e abbandona la società al flutto delle opinioni e a' rottami del passato. Diciamo la verità. Al paese si dee la verità, e si dee a noi stessi. La scienza è un pezzo che si è ritirata da noi, e non opera più ne' nostri cervelli, non produce più. Noi ripetiamo una canzone divenuta malinconica per vecchiaia, che non fa più effetto, neppure sopra di noi. E perché dentro di noi non ci è una idea che ci tormenta, non un sentimento che ci stimola, gridiamo pomposamente: lasciamo fare e lasciamo passare; la scienza fa da sè, e la scienza fa miracoli, quasi che i miracoli li facesse la scienza e non l'uomo. La scienza, quando si move dentro di noi, è attiva, e penetra in tutti gli organismi, e gl'illumina e li trasforma sotto la sua azione lenta, ma perseverante. Non è scienza codesta, che produce idee sciolte, senza virtù di coesione, ed ha per sua arma di guerra non organismi opposti ad organismi, ma ironia e caricatura: sicchè talora avviene che organismi vecchi e screditati rimasi intatti li colgono in mezzo a quel risolino e si chiudono sopra di loro e li ricoprono. Perchè quello resta che è organizzato, e organismi battezzati per morti hanno sempre maggior forza che idee vaganti e ironiche, piovute di qua e di là, miscuglio inconsistente di vecchio e di nuovo, mutabili ne' cervelli secondo il successo e la moda.

La scienza ha prodotto presso di noi due grandi cose, l'unità della patria e la libertà. Dico la scienza, perchè è lei, che ha scosse le alte cime della società, e le ha messe in movimento, tirandosi appresso e galvanizzando la restante materia. L'unità della patria è la concentrazione di tutte le forze, e la libertà è lo sviluppo di quelle secondo il processo della natura e della storia, è la loro autonomia e la loro indipendenza. Grandi cose son queste, idee semplici, accessibili, che non hanno bisogno di libri e di scuole, sono istrumenti del lavoro, ma non sono il lavoro; sono forme che si putrefanno presto, ove ivi dentro non è una materia che si mova. Che cosa è l'Italia senza italiani? Che cosa è la libertà senza uomini liberi? Sono forme senza contenuto, nomi senza soggetto; sono il prete senza fede, sono il soldato senza patria.

Anche nella vita ci è il pensiero, un pensiero latente, lenta formazione de' secoli, che riproduce e trasmette sè nelle generazioni mescolato co' succhi generativi. La vita si rinnova nell'alto, e questo pensiero scava il suo letto più profondo, e si abbarbica ne' cervelli, come quercia nel suolo, e non si move più, rimane incastrato, stagnante, passivo, rimane la mano morta della vita. Noi non siamo penetrati in questo pensiero, ci abbiamo solo sovrapposto il nostro pensiero, e prima abbiamo pesato troppo, e quello ha mosse le spalle e lo ha gittato giù. Poi, fatti savii e abili, vogliamo vivere in buona pace l'uno accanto all'altro, e gli diamo la libertà e gli diciamo: muoviti e cammina; e quello risponde con l'apatia, e se lo punzecchiate troppo, si moverà e camminerà contro di voi, ravviluppato più fieramente in sè stesso. La libertà non giova a quello, e non giova neppure a noi; perchè il nostro pensiero, come stanco della lunga produzione, non sa più qual uso farsene. Perciò la sua forza d' azione è divenuta inferiore a quella forza di resistenza. Quel pensiero è insieme volontà, abitudine, storia, tradizione, tutta la vita. Può dirsi il medesimo del vostro pensiero, nato ieri, appena e male assiso nel vostro intelletto, e che non è ancora in noi volontà, sentimento, fede, immaginazione, coraggio, iniziativa, disciplina, non è ancora energia? Quel pensiero voi potete schernirlo, ma è più forte di voi, perchè sente, immagina crede, fa quello che pensa. Dicono:

lasciamo fare allo spirito del mondo. Abbiamo fede nel progresso. Il tempo e la libertà matura tutto. Certamente. Anche io ho fede nel progresso dell'umanità, ma non nel progresso delle nazioni, e se il processo è di dissoluzione, il tempo e la libertà non matura che la morte. E poniamo pure che la società sia sana ed abbia le sue forze intatte; ma dunque la scienza non è parte anche lei di questo spirito del mondo? Un tempo tutto era lei, e oggi sarà divenuta semplice spettatrice della storia, e abdicherà ad ogni suo potere sopra questa pianta che si chiama uomo, e la sua ultima conclusione sarà: lasciamo fare e lasciamo passare? Lei ha potuto costringere la natura a camminare più rapida, ha creato il vapore; e quando si tratta dell'uomo ora, che il movimento sociale è accelerato, ora che i secoli si chiamano decennii, attenderà tra noi che il tempo faccia il suo comodo e maturi quando gli viene?

La libertà di tutti o per tutti è oramai un punto acquisito, già oltrepassato dalla scienza, non contrastato più invocato anche dagli avversarii. La missione della scienza è oggi di dare a questa libertà un contenuto, di darle il suo contenuto, non invadendo le altre sfere della vita, ma lavorando ivi dentro e trasformandole. Abbiamo già un contenuto scientifico, un complesso d'idee, che chiamiamo lo spirito nuovo. Ciò che rimane è che sia davvero spirito. La scienza continuerà nelle sue alte regioni il suo processo di elaborazione e di formazione; ma ciò che urge, è che ella mi crei questo spirito nuovo. I milioni di analfabeti scossero un giorno le nostre fibre. Illuminiamo gl'intelletti, sentii dire; qui è il rimedio. Leggere e scrivere, far di conti, un libriccino de' doveri e delle creanze, storie e favolette, e la scienza penetrerà ne' più bassi fondi della vita e se li assimilerà. Or questa istruzione, mi contenta assai mediocremente. Credete voi, Signori, che i romani degeneri non avevano libri e scuole? o che loro mancavano trattati di morale, pratiche religiose, e storie dì uomini illustri? I giovani romani andavano in Atene ad imparare virtù e libertà, e tornavano retori e accademici. E gli accademici, come Cicerone, erano gli eclettici e i temperati di quel tempo, che tenendosi in bilico tra stoici ed epicurei rimanevano in quella mezzanità che meglio rispondeva alla bassa temperatura sociale, e lasciavano fare, e lasciavano passare insino a che vinto ogni ritegno, la società si chiarì epicurea e materialista. Questo non diceva loro il libro: anzi il libro parlava savio; il libro parlava, e la corrotta natura operava. Or questo è appunto il tarlo, che ha roso l'antica nostra società, e che noi chiamiamo la decadenza: altro pensare e altro fare. E noi che abbiamo tanta fede;

nell'istruzione, dobbiamo domandarci, se siamo davvero tornati giovani, e se quella decadenza non ci ha lasciato niente nelle ossa e nel cuore, se noi serbiamo intatte le nostre forze fisiche e morali. Ma se il nostro male è l'anemia, se ci è bisogno una cura ricostituente e corroborante, l'istruzione può illuminare il nostro intelletto, non può sanare la nostra volontà. E poi, quando dentro è difetto di calore, già non produrremo noi nè scienza, nè istruzione. Avremo una scienza di riflesso, non figlia nostra, non forma del nostro cervello, ma venutaci, secondo la moda, di Francia e di Alemagna, e prima di fare noi, ci domanderemo: cosa fanno gl'inglesi, e cosa fanno gli americani. Non che sentire il pungolo della vergogna, ma ci consoleremo e ci applaudiremo, proclamando che la scienza non ha patria, e bisogna pigliarla dov'è, e quando altrove è bella e fatta, è inutile stillarci noi il cervello. E non è vero. La scienza non può germogliare senza una patria, che le dà la sua fisonomia e la sua originalità. E là dove cresce bastarda e presa ad imprestito, non ha fisonomia, e rimane fuori di noi, non opera in noi, non riscalda il cervello. Non produrremo la scienza e non produrremo l'istruzione. Accetteremo dal di fuori metodi e libri, costituzioni, ordinamenti e leggi, e spesso piglieremo un abito, quando là dov'è nato è già logoro e messo fra' cenci. Così tutto è mezzanità, mezza istruzione, mezze idee. La scienza. è sistema com'è la vita, le migliori verità sono falsità, se non sono nella mente coordinate e limitate. Idea intera è idea nel sistema; mezza idea è idea scappata dal centro, e presa per sè è cosi vera lei, come è vera l'opposta. Onde società e individui, divenute cervelli centrifughi, passano con facilità dall'una all'altra, e oggi gridano libertà, e domani gridano autorità. La nostra vita è a pezzi, a ritagli, con molto di nuovo nelle parole, con molto di vecchio ne' costumi e nelle opere, sicché dentro di noi non è serio nè quel nuovo, nè quel vecchio. Tale è la vita e tale è la scienza. E posso dire il contrario: tale la scienza, tale la vita; perché la scienza è la vita che si riflette nel cervello, è il prodotto della stessa materia, e se la vita è guasta, la scienza è guasta, e non che faccia miracoli, ma non può fare neppure il miracolo di avviarci alla vera scienza, a' sodi e serii studii. Piccola azione dunque avrà sulla vita questa scienza e questa istruzione. E quando pure sia istruzione soda e intera, già non guarirà il nostro male che ha la sua sede nella fiacchezza della fibra e nella debolezza delle forze morali. Conoscere non è potere. Vagheggiamo non so che enciclopedico nella gioventù, abbiamo aumentata la serie delle sue conoscenze e non perciò abbiamo aumentata nè la forza del cervello, nè la forza del carattere. Con questi preludii allarghiamo la nostra azione anche alle basse classi, vogliamo spandere i lumi del secolo, come si dice, spezzare a quelle il pane della scienza, ed è venuta su una letteratura popolare, tutta smancerie e tutta fiorentinerie, tutta diminutivi, e in una forma da commedia che chiamano lingua toscana un accozzame di roba filosofica e di roba cattolica, l'ateo e la suora di carità a braccetto. Così noi pensiamo fortiter et suaviter d'insinuarci nel cuore del popolo, come già il demonio nel cuore di Eva, e fargli gustare il frutto proibito senza troppe grida del babbo e del prete, e vogliamo insegnare la verità col mezzo della menzogna, inculchiamo negli altri certe idee, di cui ci beffiamo nel secreto della coscienza, e gridiamo contro i preti, e ci mettiamo sul capo il berretto del prete. Così fortificheremo la fibra, rialzeremo i caratteri e formeremo l'uomo. A questo gioco si corrompe maestro e scolare, borghesia e popolo, l'una ipocrita e beffarda, 1'altro che sopra un fondo vecchio metterà una vernice di nuovo. Quel fondo vecchio, quel pensiero secolare resisterà. Potete ben cacciare certe idee e mettercene altre, potete mutar nomi e forme, e quel figlio de' secoli metterà il capo fuori a traverso di quelle, e dirà a Bruto: ti facciamo Cesare, e dirà alla Ragione: ti facciamo una Dea.

Il motto della scienza era un giorno la libertà contro il limite; oggi è la ristaurazione del limite nella libertà. Noi abbiamo distrutti o indeboliti tutt'i limiti al dì fuori, e non li abbiamo ricreati dentro di noi. Nel furore della lotta li abbiamo odiati, disconosciuti, e perché al di fuori erano superstizione, oppressione; abbiamo ucciso dentro di noi anche il sentimento che li rigenera, e siamo rimasti nel vuoto. Quei limiti sono lo stimolo che sviluppa le forze organiche e creano la serietà e la moralità dalla vita, e ci toglie all'egoismo animale, e ci rende capaci del sacrifizio e del dovere. La scienza altro non è se non ricostituzione de' limiti nella coscienza, la riabilitazione di tutte le sfere della vita. L'uomo della scienza è il più alto e virile tipo d'uomo, che non ha bisogno di culto, perché ne ha dentro di sé il sentimento, e non ha bisogno di stimoli esterni, non di medaglie e di titoli, di pene e di premii, di stato e di leggi, perché quegli stimoli li sente più vivamente dentro di sé, e non ci è bandiera e non ci è gonfalone, che abbia la forza della sua coscienza. Quando questi stimoli interni operano, presto o tardi ci daranno la forza di ricostruirci anche un simile mondo esterno, la concordia sarà ristaurata tra la scienza e la vita. Ma dove operano mollemente, non hanno virtù organica, e caricando e beffeggiando si sentono soddisfatti, e altro è la scienza, altro è la vita. E allora chi vi dà il dritto di negare il Dio fuori di voi, quando vi manca virtù di ricreare Dio dentro di voi, e raggiarlo al di fuori? Chi vi dà il dritto di negare l'eredità e la solidarietà di famiglia, quando dentro di voi non ci è altro che il solitario Voi? Chi vi dà il dritto d'invocare nuove forme e nuove istituzioni, quando la materia, nonche altro, è guasta fino dentro di voi? Se la scienza non può ricostituire quest'uomo interno, meglio il di fuori, guasto e viziato com'è, che il vuoto. Questo sarà il grido di tutti, anche degli uomini colti, e questo spiega le reazioni. La società non può vivere lungamente sopra idee che non generano, non organizzano, e dopo varie oscillazioni si adagerà per stanchezza nel suo stato antico, quale l'hanno fatta i secoli.

Forse io carico le tinte. Ma trovo intorno a me apatia ne' fatti, prosunzione nelle parole. E pur bisogna sferzarla quest'apatia, umiliarla questa prosunzione. Le mie inquietudini sono oggi il tormento de' più elevati intelletti, il problema de' problemi, la missione urgente della scienza. Una volta tutto era filosofico, oggi tutto è sociale. Abbiamo la fisica sociale, la fisiologia sociale, l'economia sociale, antropologia, pedagogia, tutti sono intorno a questo grande malato. Ci è un cumulo di scienze che si potrebbero chiamare con una parola, la medicina sociale.

La grande medicina era un tempo l'istruzione, e ora che l'istruzione ha reso tutt'i suoi frutti in Germania, già non basta più, e Virchow impensierito invoca una educazione nazionale. La scienza dee organizzarmi questa educazione nazionale, dee imitarmi il cattolicismo, la cui potenza non è il catechismo, è l'uomo preso dalle fasce e tenuto stretto in pugno sino alla tomba, dee imitarmi quei suoi organismi di granito, su' quali ella picchia e ripicchia da secoli e ancora invano.

Ciascuna scienza ha la sua epoca. La vita corre là dove si sente riflessa, colta dal vero, come si trova, quella è la scienza vivente, che fa batterei cori, che ha un'azione sulla vita. Oggi la vita, si sente attinta da un malore incognito, la cui manifestazione è l'apatia, la noia, il vuoto, e corre per istinto colà dove si parla di materia e di forza e come ristaurare l'uomo fisico, e come rigenerare l'uomo morale. Letteratura e filosofia, scienze mediche e scienze morali, tutte prendono quel riflesso e quel colore. Rifare il sangue, ricostituire la fibra, rialzare le forze vita è il motto non solo della medicina ma della pedagogia, non solo della storia, ma dell'arte, rialzare le forze vitali, ritemprare i caratteri, e col sentimento della forza rigenerare il coraggio morale, la sincerità, l'iniziativa, la disciplina, l'uomo virile e perciò l'uomo libero. Le università italiane oggi sono come tagliate fuori del movimento nazionale, senz'alcuna azione sullo Stato che si dichiara essere neutro, e con piccolissima azione sulla società di cui non osano interrogare le viscere. Divenute fabbriche di avvocati, di medici e d'architetti, se intenderanno questa missione della scienza odierna, se usando la libertà che loro è data, affronteranno problemi attuali e taglieranno sul vivo, se avranno l'energia di farsi esse capo e guida di questa restaurazione nazionale, ritorneranno, quali erano un tempo, il gran vivaio delle nuove generazioni, centri viventi e irraggianti dello spirito nuovo.